행복의 꽃들이
생활 곳곳에 피어나길 바랍니다.

시인 문태준 드림.

나는 첫
문장을 기다렸다

문태준의
마음 수업
문장 수업

나는 첫 문장을 기다렸다

문태준 산문집

마음의숲

저자의 말

문장을 얻는다는 것은 새로운 마음을 얻는다는 뜻이다. 잔물결처럼 흔들리거나 안개처럼 흐릿하던 어떤 것이 마침내 형상을 얻는다는 뜻이다. 마치 눈 뭉치를 굴려서 눈사람을 만들어 세우듯이. 마치 흙 속에 숨 쉬던 검은 빛의 씨앗이 발아를 통해 흙 위의 푸른 빛으로 바뀌어 나타나듯이. 문장을 얻으려는 때에는 좋은 예감이 있고, 흥이 있다. 건반이나 현을 통해 음악이 세상으로 나오려는 순간처럼. 그러므로 문장을 얻는 일을 기쁘게 여겨 계속하게 된다. 비록 혼자의 밤과 고립은 힘에 겹지만.

그러나 문장이 올 때 이 세상에 평범하고 보잘것없는 것은 아무것도 없다는 사실을 알게 된다. 문장은 개개의 사물과 사람과 생명이 고유하게 간직한, 꺼지지 않는 빛을 발견하는 일인 까닭이다. 그리고 그 빛은 나에게는 물론, 우리 모두에게 스며들어 활동한다. 이번 산문집에 실린 문장들은 책을 통해, 관계의 경험을 통해 수업한 것들이다.

제주 애월읍 장전리에 이사 와 살면서 새로운 마음을 얻었다. 돌밭과 해안과 오름과 숲은 그들의 고유한 빛을 내게 비춰주었다. 해녀와 대양大洋의 어부, 귤밭의 농부, 산인山人, 이웃도 나를 비춰주었다. 은빛 비행기, 오가는 여객선, 섬들도 문장을 주었다. 이 산문집을 묶고 나니 다시 흰 바탕의 백지가 내 앞에 있다. 문장이, 새로운 마음이 오길, 첫 문장이 빛처럼 오길 다시 기다린다.

2022년 2월, 제주 애월읍 장전리에서

문태준

차례

여름

가을

겨울

밤새 눈이 내려 소복하게 쌓인다. 온통 흰빛이다. 나는 새벽에 나가 흰빛을 바라본다. 돌담에, 동백나무 잎사귀에, 마당에, 지붕과 하늘에 깨끗한 흰빛이다. 흰 바탕이다. 어떤 글씨도 적지 않은 백지 같다. 어쩌면 시인이 매일매일 새벽의 시간에 새로이 받는 것 또한 백지일 것이다. 나는 흰 종이에 생각과 감정을 앉힐 것이다. 거울 같은 면지面紙에 그리운 얼굴을 떠올려 그려도 볼 것이다. 눈송이가 꽃씨처럼 하늘에 흐른다. 어떤 글씨들이 흐른다. 나는 글씨들이 내려앉기를 기다린다. 나는 첫 문장을 기다린다. 나에 대해, 세계에 대해, 당신의 마음에 대해서라면 나는 평생을 써 내려갈 수 있을 것 같다.

시인은 세상의 모든 생명 존재가 '서로 듣는 존재'라고 말한다. 나무는 뻗어가는 뿌리를, 꽃은 내리는 햇빛을, 새는 불어오는 바람을 듣는다고 말한다. 그러면서 점차 잘 들어야 하는 것들을 확대해서 열거한다. 우리의 발아래에서 자라는 푸른 풀잎의 말, 과거의 오래된 음성, 사랑하는 사람이 보내오는 눈빛, 노을이 하는 헤어짐의 언어 등을 예로 든다. 실로 우리가 경청해야 할 대상은 무궁무진한 것일 테다.

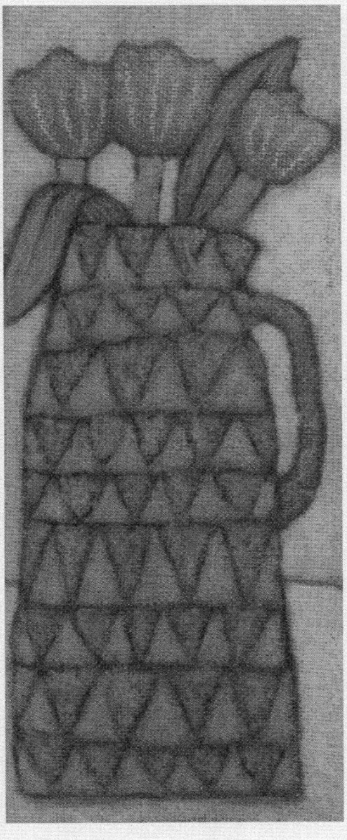

봄

꽃이 피는 것을 보고 있으면 꽃은 어떻게 저 고운 빛깔과 향기를 제 몸속에 갖추고 있었을까를 생각하게 되고, 이내 감탄하게 된다. 그런데 가만히 생각하다 보면 우리도 하나의 꽃나무요, 우리의 몸과 마음속에도 각양각색의 꽃과 향기가 들어 있다는 생각에 이르게 된다.

연잎 같은 마음

“시를 쓰는 공간에 여러 사물을, 예를 들면 말린 꽃, 만년설을 찍은 사진, 그림엽서, 조개껍질, 과일 등을 놓아둔다고 썼던데, 요즘은 무엇을 두고 있나요?”

이 질문을 받고 떠올린 것은 언젠가 주워온 갈색의 솔방울이었다. 작은 솔방울을 보고 있으면 솔방울 속에 바람, 별과 낮, 빗방울, 별과 밤, 새의 울음소리가 들어 있다는 생각을 하게 된다. 과거의 시간이 쌓여 있는 솔방울로부터 어떤 향기를 맡게 된다. 또 어떤 신선함을 얻게 된다. 요즘은 솔

방울이 나의 내면에서 활동하는 것을 기쁘게 여기고 있다.

바깥 세계는 우리의 내면으로 들어와 작용한다. 시를 쓰는 나는 내면이 활동하도록 애쓴다. 내면에 고유한 사물, 만났던 사람, 작고 큰 자연, 세계의 일면一面이 들어와 살도록 노력한다. 특히 언어들이 내면에서 움직이도록 하려 한다. 이들은 나를 신선한 상태에 있도록 도와준다.

최근에 나는 두 가지의 일로부터 마음의 신선함을 얻었다. 하나는 지인에게 들은 얘기였다. 그는 햇살이 좋은 날에 수녀원에 들렀다가 수녀님이 하얗게 세탁한 빨래를 탁탁 털어서 널고 있는 것을 보았는데, 그 모습에서 문득 싱그러움을 느꼈다고 했다. 얘기를 들으면서 나는 그것이 아마도 영혼의 신성성일 것이라고 말했고, 그 장면을 내 내면에도 받아들였다.

또 하나는 후배에게 매일 받아 보고 있는 사진에 관한 것이다. 후배는 매일 강릉 송정의 바다를 찍은 사진이나 동영상을 내게 보내준다. 아침에, 해 떨어지는 때에, 혹은 밤에 그는 바다를 찍어 보내준다. 그래서 나는 맑은 날의 바다는 물론 높은 파도가 치는 바다, 어선이 지나가는 바다, 수평선이 걸린 바다, 비가 내리는 바다 등을 본다. 바다는 매일 다른 표정을 보여준다. 그러면 그 바다들은 내 가슴속에서도 어느 날은 잠잠하고, 어느 날은 거세게 출렁인다. 나는 바다의 다양한 풍경이 우리 삶의 그것과 다르지 않다고 생각하면서 싱싱한 바다의 사진을 기쁘게 받아 본다. 바다는 내 내면을 매일 신선한 상태에 있게 한다.

강릉 송정 바다의 사진들이 삶의 풍경들과 크게 다르지 않다는 것은 우리의 삶도 잠잠함, 일광과 기쁨, 흐림과 흔들림, 바람과 흘러듦, 격랑과 분노, 해무와 모호함, 폭우와 비탄, 해안선과 가까운 곳, 수평선과 먼 시간 등으로 구성되어 있다는 것을 뜻한다. 세계를 친밀하게 대할 때가 있고, 또 세계를 가혹하게 대할 때가 있다. 심드렁해질 때가 있고, 또 격렬해질 때가 있다. 이 모두가 일상을 이루고 있다. 문제는 일상의 변화를 어떤 자세로 받아들이는가에 있지 않을까 싶다.

텔레비전에서 한 원로배우가 당신의 가훈이 '낙이불류 애이불비樂而不流 哀而不悲'라고 말씀하는 것을 보았다. 절제와 균형을 당부하면서 즐거워도 그것에 휩쓸리지 말고, 슬퍼도 비통함에 빠지지 말라는 뜻이었다. 악사였던 우륵이 남겼다는 이 문장은 기쁨에도 슬픔에도 과하게 잠기지 말라는 가르침일 것이다. 살다 보면 많은 일들이 있겠지만, 넘치게 받아들이지 말라는 뜻일 것이다.

이 말씀을 접할 즈음 만난 또 다른 문장은 '검이불루 화이불치儉而不陋 華而不侈'였다. 검소하되 누추하지 않고, 화려하되 사치스럽지 않다는 뜻이다. 한쪽으로 지나치게 기우는 것을 경계하라는 말씀으로 이해했다.

오래
걸어온 것들은
모가
닳아 있다

이슥한
눈빛
연잎 같은 마음

안으로
향기가 스며
단단하고

은은하다.

권갑하 시인의 시조 〈인사동〉[1] 전문이다. '낙이불류 애이불비'나 '검이불루 화이불치'의 마음은 이 시조에서의 표현대로라면 "연잎 같은 마음"에 해당할 것이다. 그리고 그것은 안온함을 지키고 너그럽게 감쌀 줄 아는 마음일 것이다.

물론 은근하게 마음을 갖기는 매우 어려운 일이다. 그러나 우리는 영혼을 가꾸는 일을 포기해서도 안 된다. 바깥의 신선함이 마음에 들어와 살고, 그리하여 내면이 물 흐르는 듯하고, 과잉에 이르지 않는 것. 이것이 우리가 가꾸어야 할 영혼의 한 면모가 아닐까 한다. 소설가 베르나르 베르베르가 언젠가 기자간담회에서 "우리는 육체라는 수단을 빌려서 영혼을 발전시키기 위해 살아가는 존재여야 합니다"라고 했듯이 가꾸어야 할 것은 육체뿐만이 아니다.

시인의 일

시를 쓰기 위해 새벽에 혼자 방에 앉을 때가 더러 있다. 밤은 깊고 세상은 고요하다. 백지에 첫 생각을 펼쳐놓고 첫 생각이 그날의 우연하고 특별한 선택들을 만나기를 기다린다. 내 기억으로부터 온 것들과, 지금의 나와, 사람으로부터 태어나는 것들이 서로 뭉치고 흩어지면서 시를 만드는 것을 지켜본다. 어떤 경로를 통해 시가 만들어지는지 명백하게 알기는 어렵다. 시는 잘 만들어질 때도 있고, 또 어떤 이득도 없이 흐지부지 시간만 흐르다 날이 새면서 그 흰빛 속으로 아주 사라지고 마는 때도 있다.

나는 시가 만들어지는 그 경과보다 시가 내게 찾아올 수 있도록 하는 일에 더 마음을 쓴다. 어떤 시적 기미를 알아채는 일에 더 마음을 사용한다. 그래서 날마다 시를 읽고, 음악을 옷처럼 두르고, 세계에 질문을 하고, 미술과 영화와 사진을 만나고, 생활의 시장에 가고, 홀로 단순한 시간에 오두막처럼 앉고, 하나의 생각이 걷는 미로를 따라간다.

시를 쓰는 일은 매번 새롭고 두려우며, 차갑게 외롭고 고통이 있다. 시의 첫말을 내기는 참으로 어렵다. 첫말에 따라 시의 높이와 깊이가 열리기 때문이다. 어느덧 시를 쓰는 사람이 된 지도 25년이 지났다. 스물다섯 살에 등단해서 벌써 쉰 살이 되었다.

나는 가끔 갓 등단했을 때의 나를 떠올린다. 시단의 어른들이 모인 허름한 술집 말석에 앉아 어른들의 말씀을 가만히 듣고 있던 나를 떠올린다. 그때 어른들은 속이 깊었고, 정이 많았고, 눈매가 선했으며, 세상의 일을 진심으로 걱정하셨다. 그분들에게 적어도 시를 짓는 일은 한가한 일이 아니었다. 개인의 한가한 심사를 풀어놓은 것이 아니었다.

내가 시를 짓는 이유도 사람과 함께 어울려서 살려는, 사람이 전부라는 생각에서 출발했다. 가난한 사람들은 왜

가난으로부터 벗어나지 못하는지, 고통스러운 노동에서 보람을 얻지 못하는지, 우리가 바라는 공동체는 무엇인지 궁리하는 것이 내 시였으므로 시는 내가 보고 듣고 살던 삶으로부터 비탄처럼 태어났다.

해 뜨면 논밭에 나가 땡볕에서 일하지만 큰 빚더미에 눌려 밥과 돈을 구하러 매일매일을 사는 사람들의 캄캄한 절망과 슬픔에 대해, 그럼에도 삶의 채탄장에서 다시 일어서는 사람들의 단단한 의지의 근육과 희망에 대해 말해야 한다고 생각했다. 그리고 애초에 이처럼 관심했던 곳으로 내 시가 돌아가야 한다고, 지금도 생각하고 있다.

부드러운 자연

자연의 세계는, 자연에서 노동하는 사람들의 공동체는 유연함과 공유의 세계이다. 삶의 가치와 처지를 함께 나눈다. 다른 사람에게 모자람이 생기면 내가 소유한 것에서 덜어주고, 내 손을 보탠다. 험담과 뒷말이 적고, 고통과 기쁨의 시간을 함께하고, 선의로 보살핀다. 여지도 많다. 이익의 독점을 바라지 않으며, 갈망을 접을 줄도 안다.

내 시는 이와 같은 생명 세계의 살림에서 태어난 노래에 가깝다고 생각한다. 부드러운 자연과 공유의 생명 세계로 돌아가려는 것일 테다. 한 편의 좋은 시는 세상에 나오는 순

간 움직인다. 자족하는 시는 움직이지 않는다. 관계를 경험하고 관계를 사유하는 좋은 시는 활발하게 활동하면서 사람을 움직이게 하고 세계를 움직이게 한다.

산갈이 물갈이

손가락에 침 발러
쏘옥, 쏙, 쏙,
장에 가는 엄마 내다보려
문풍지를
쏘옥, 쏙, 쏙,

아침에 햇빛이 반짝,

이 시는 윤동주 시인이 쓴 동시다. 문틈으로 바람이 새어 들어올까 봐 문짝 주변을 종이로 발랐는데, 아이는 그 종이에 작은 구멍을 낸다. 아주 작은 손가락에 침을 발라서 더 작은 구멍을 낸다. 그 구멍으로 바깥을 본다. 아이는 장에 가는 엄마를 보려고 한 것이지만, 그 작은 구멍으로 들어오는 것은 반짝이는 아침의 햇빛이다.

하루가 바뀌고 달이 바뀌고 계절이 바뀌고 한 해가 바뀌어 새로운 시간을 맞을 때마다 나는 이 동시가 생각난다. 우리가 맞는 새로운 시간은 마치 작은 종이 구멍을 통해서 만나게 된, 반짝이는 아침의 햇살이 아닐까 싶은 것이다. 새로운 시간에는 신선함만이 들어 있다. 거기에 이미 이루어진 것은 없다. 설렘이 있을 뿐이다. 상품으로 치자면 그야말로 신상품인 셈이다. 곡식으로 치면 햇곡식인 셈이다.

새해를 맞아 나는 내가 갖고 살 마음에 대해 생각했다. 그리고 '산같이 온순하고 물같이 선하게' 살겠노라고 작정했다. 이 결의의 문장은 김용택 시인의 표현에서 빌려온 것인데, 마을 뒷산의 능선처럼 온화한 마음씨로 양순하게 살겠다는 것이다. 또한 물은 만물을 이롭게 하지만 만물과 다투지 않고, 많은 사람이 꺼려하는 낮은 곳으로 위치한다. 이를 상선약수上善若水라고 했으니 그 물의 성품을 나도 닮고자

하겠다는 것이다.

제주에 살면서 자주 들르는 곳이 제주도 곳곳에 있는 오름이다. 제주도에는 이 오름이 360여 개 정도 있다. 이름도 각각이 고유하고 참 예쁘다. 제지기오름, 바굼지오름, 다랑쉬오름, 용눈이오름, 손지오름, 아부오름, 백약이오름, 돝오름, 거문오름, 큰사슴이오름, 물영아리오름 등등. 이 오름들은 대체로 완만한 외관을 갖고 있다. 멀리서 보면 그 선이 매우 부드럽다. 실제로 오름의 정상에 이르는 길도 아주 가파르지 않다. 나는 이 오름을 오르면서 내가 가꿔야 할 성품에 대해 생각해보곤 하는 것이다. 오름의 정상에 이르면 사방으로 시야가 탁 트여 있다. 그야말로 시원하다. 이 탁 트인 시야도 우리가 갖출 만한 것일 테다.

나는 나의 졸시 〈매일의 독백〉에서 이렇게 썼다.

흐르는 물속에 암자의 풍경 소리 속에 밤의 달무리 속에 자라는 식물 속에 그날그날의 구름 속에 저 가랑비와 실바람 속에 당신의 감탄사 속에 넣어줘

아닌 게 아니라 우리가 작은 암자의 풍경 소리처럼 산다

면 얼마나 좋겠는가. 조금씩 위로 자라나는, 푸른 혈관을 가진 식물처럼 산다면 얼마나 좋겠는가. 잘 감탄하고 잘 호응하면서 산다면 얼마나 좋겠는가.

《법구경》에 이런 말씀이 있다.

> 오늘은 어제의 생각에서 비롯되었고
> 현재의 생각은 내일의 삶을 만들어간다.

어제와 오늘 그리고 내일이라는 시간의 인과관계를 곰곰이 생각하면서, 지금 우리가 맞는 이 새로운 시간에 의해 우리의 내일이 열린다는 것을 잊지 않으면서 살았으면 한다. 어쨌든 이 순간에도 새로운 시간이 우리에게 주어지고 있다.

오늘 하고 싶었던 일을 애써서 해

영화 〈찬실이는 복도 많지〉를 보다가 할머니 역으로 나온 분이 주민 센터에서 한글을 배우면서 처음으로 쓴 시를 접했다. 영화에서 할머니는 삐뚤빼뚤한 글씨로 "사람도 꽃처럼 다시 돌아오면 얼마나 좋겠습니까"라고 썼다. 봄날의 풍경을 바라보는 그 마음이 크게 다르지 않다는 생각과 함께, 우리의 마음에는 옛 시간과 옛 사람이 현재의 시간 그리고 현재의 사람과 늘 공존하고 있다는 생각을 새삼스레 했다. 할머니와 주인공 찬실이 주고받는 대화도 자꾸 떠올랐다.

"늙으니까 나는 하고 싶은 게 하나도 없어."

할머니와 콩나물을 함께 다듬던 찬실이가 여쭈었다.

"그런 사람이 세상에 있어요?"

할머니가 말했다.

"그 대신 오늘 하고 싶었던 일을 애써서 해."

"그럼 오늘 하고 싶었던 일이 콩나물 다듬는 일이었겠네요?"

"알면 됐어."

잊을 수 없는 일과 잊을 수 없는 사람이 있지만, 오늘의 시간에 오늘의 일을 '애써서' 하는 것도 중요하다는 얘기로 들렸다. 별것 아닌 것처럼 보이는 오늘의 소소한 일들이 소중하다는 것을 알거나, 또 스스로 정말 원하는 것이 무엇인지 깊이깊이 생각하는 일은 간단하고 쉬운 일처럼 보이지만 실천하기는 어렵다.

항아리 1

우리의 마음이 하나의 항아리 같다는 생각이 든다. 안쪽이 텅 비어서 무엇이든 담을 수 있는 항아리가 아닌가 싶다. 거기에는 시간과 사물과 생명이 담겨 있다. 어제의 자취와 지금의 움직임과 내일의 시간이 담겨 있다. 지금의 표정과 여러 감정이 담겨 있다. 봄날도 담겨 있어서 진달래꽃과 봄바람과 무논과 새잎이 있다. 그리고 우물처럼 들여다보는 항아리엔 이별한 옛 사람이 있다. 돌아오지 못하는 옛 사람에 대한 애틋한 기억이 있다.

시조 시인 김상옥은 〈항아리〉라는 시조에서 자신을 때

가 묻고 얼룩이 스며든 항아리에 견주었다. 궂은 비바람과 눈발과 마음이 담긴 항아리에 빗대었다. 세파世波와 풍상風霜을 겪었지만 지금 자신의 마음에 담긴 것을 살펴보는 일도 게을리 않겠다는 의지가 실려 있다.

마음의 항아리에 무엇이 담겨 있는지 차근차근 생각해 본다. 불안과 자책과 분노와 눈물과 욕심도 담겨 있지만, 자애와 절제와 만족과 웃음도 담겨 있다. 반짝이는 새소리와 새로운 길과 탁 트인 평원도 담겨 있다. 과거는 지나갔고 미래는 오지 않았다는 생각도 들지만, 지금이 가장 좋은 때라는 생각도 들지만 어제의 그림자와 내일의 기대도 담겨 있다. 마음의 항아리를 들여다보는 봄날이다.

매화나무의 보람

추위가 한차례 뼈에 사무치지 않는다면
어찌 코를 찌르는 매화의 향기를 얻을 수 있겠는가.

이 문장은 황벽선사의 《전심법요》에 나온다. '매경한고梅經寒苦'라는 말도 있다. 봄소식을 알리는 매화는 혹독한 추위의 고통을 참고 이겨낸다는 뜻이다.

매화의 개화 소식이 들려오지만 올해의 꽃 소식은 많은 사람이 지금 겪고 있는 큰 고통과 근심과 혼란에 묻히는 느낌이다. 그러나 이럴 때일수록 강물이 멀리 나아가는 것을 보듯이, 이 시간의 흘러감을 조금은 담담하게 바라볼 필요도 있을 듯하다. 매화의 경우를 생각해보아도 그렇다. 혹독한 추위가 지나면 매화는 피어난다. 이 흐름은 크게 바뀐 적이 없다. 겨울이 가면 반드시 봄이 오듯이, 어려운 때는 끝이 있다.

박재삼 시인은 시 〈강물에서〉를 통해 아지랑이가 가만히 솟아 아득해지는 강물을 바라보면서 눈물의 때를 보냈던 옛 시간을 회고하고, 또 그 곤란의 시간이 경과한 후 지금 맞이하게 된 봄을 "물오른 풀잎처럼 새삼 느끼는 보람"이라고 표현했다.

혹독한 추위의 지속을 매화가 오래 감내하듯이, 곤경을 맞은 우리도 멀리 바라보며 조급하고 불안한 당장의 마음을 안정시킬 필요가 있겠다. 물론 지금 겪게 된 고통의 원인을 바로 보아서 대처하고 처방해야 함은 물론이다.

언젠가 읽었던, 독일의 작가 안톤 슈나크의 산문 〈우리를 슬프게 하는 것들〉이 생각난다. 슈나크의 문장은 "울고 있는 아이들의 모습은 우리를 슬프게 한다"로 시작한다. 그리고 비 내리는 잿빛 밤, 사랑하는 사람의 발자국 소리가 사라져갈 때, 돌아가신 아버지가 생전에 쓰신 한 통의 편지를 우연히 발견하게 되었을 때, 거만한 인간을 만났을 때, 숲길에 흩어져 있는 비둘기의 깃털을 보았을 때도 슬픔을 느끼게 된다고 썼다.

그런데 법정 스님이 1965년 12월에 쓴 글을 최근에 다시 읽다가 스님이 안톤 슈나크의 문장을 언급한 대목을 접하게 되었다. "지금 우리를 슬프게 하는 것은 안톤 슈나크의 보랏빛 슬픔이 아니다." 꽤 단호한 문장이었다. 스님은 이렇게 생각한 연유를 밝혔다.

> 우리가 부딪히고 있는 현실은 감미로운 저녁노을을 훨씬 지나, 한밤의 칠흑 같은 어둠인 것이다……. (중략) '나' 밖에서 일어나는 일이 나와 무연한 일이 아니다. 너의 문제는 곧 나의 문제이기 때문에. '나'와 '너'로 분화되기 이전에 '우리'인 것이다. 오늘 우리가 서식하는 세계를 에누리 없이 말한다면, 그것은 하신下信과 암흑의 계절이다.[2]

스님은 우리를 슬프게 하는 것의 원인을 보다 사회적인 차원에서 찾고 있었다. 1965년 당시를 살았던 사람들을 슬프게 하는 것을 하신, 그리고 칠흑과도 같은 시대 상황이라고 보았다. 하신은 무엇일까. 서로에 대한 믿음의 높이가 낮음을 이르는 것일 테다. 더불어 사는 존재에 대한 인식이 낮음, 연대와 공생에 대한 인식이 낮음을 일컫는 것일 테다. 그렇다면 법정 스님의 지적은 곤란과 고통에 직면한 이 시대의 우리도 돌아보아야 할 내용이 아닐까 한다.

혹한의 시기를 참고 견디되, 다른 사람의 고통을 살피고 다른 사람을 구난救難하려는 마음을 가져야 할 것이다. 구난의 내용은 무엇일까. 나의 생명을 소중하게 여기듯이 다른 생명도 소중하게 여기는 것이 구난이요, 아무도 해치지 않고 누구도 차별하지 않는 것이 구난이요, 다른 사람의 고통에 연민을 느끼고 그 고통을 해결해주는 것이 구난이요, 다른 사람을 신뢰하는 것도 구난일 것이다.

노자의 《도덕경》에 '약팽소선若烹小鮮'이라는 말이 있다. 무슨 일이든 작은 생선을 굽듯이 하라는 뜻이다. 살이 부서지기 쉬운 작은 생선을 요리할 때에는 자꾸 앞뒤로 뒤적거리지 말고 기다려야 하듯이, 어떤 일이든 조심스럽게 때를 기다릴 줄 알아야 한다는 뜻이다. 억지로 하지 말라는 무위無爲의 가르침인 이 말은 내 고집대로, 내 신념만 믿고 일을 밀어붙이는 것을 경계하라는 뜻도 담겨 있다. 다른 사람과의 관계에서도 작은 생선 굽듯이 행동하라는 것이다. 다른 사람이 하는 것에 대해 보다 크고 견고한 믿음을 갖고 차분하게 기다리라는 뜻도 있는 것이다.

지금 꽃을 피우고 있는 모든 매화나무는 혹한의 시기를 지나온 매화나무이다. 지금 꽃을 피우고 있는 모든 매화나무의 보람은 고통을 지나왔기 때문에 더 큰 것이다.

빛을 가지고 새가 왔다

스페인의 시인 가운데 구스타보 아돌포 베케르라는 시인이 있다. 언젠가 나는 그가 쓴 시 〈카스타에게〉를 읽고 노트에 옮겨 적어둔 적이 있다. 그 시는 이렇다.

네 한숨은 꽃잎의 한숨.
네 목소리는 백조의 노래.
네 눈빛은 태양의 빛남.
네 살결은 장미의 살빛.
사랑을 잃은 내 마음에

생명과 희망을 던져준 너.
사막에 자라는 꽃송이같이
내 생명의 광야에 살고 있는 너.

비교적 짧은 시이지만, 한 사람에 대한 사랑의 감정이 잘 표현되어 있다. 한 사람의 숨결과 목소리와 눈빛과 살결을 아름답고 강렬하고 부드럽고 고운 것들에 빗대고 있다. 심지어 그 한 사람은 자신에게 생명과 희망을 주었으며, '나'라는 넓고 막막한 땅에 꽃처럼 살고 있다고 멋지게 썼다.

이 시를 읽으면 우리의 내면에 늘 사랑의 감정이 살아 있었으면 좋겠다는 바람을 자연스레 품게 된다. 그리하여 우리 마음의 밭에 심어야 할 씨앗은 다름 아닌 사랑의 씨앗이 아닐까 싶다. 이 사랑의 씨앗은 뭇 생명을 어여삐 여기는 마음이다. 살아 있는 모든 존재가 다 행복하기를 바라는 마음이다. 세상의 어머니들이 자녀들을 사랑하듯이 무한한 자비심을 베풀려는 마음이다. 나와 다른 존재의 인연을 소중하게 여기고, 다른 존재로부터 내가 도움을 받고 있으며, 또한 내가 다른 존재에게 도움을 줘야 한다고 생각하는 마음이다.

우리가 우리의 마음 밭에 심어야 할 또 다른 씨앗은 무엇일까. '우보만리牛步萬里'라는 말이 있다. 우직한 소의 성품처럼 천천히 걸어서 만 리를 간다는 뜻이다. 자신을 신뢰하면서 뚜벅뚜벅 미래의 시간을 향해 나아가는 마음, 이것을 씨앗으로 삼았으면 한다. 묵묵하게, 의지를 잃지 않고, 너무 조급한 마음을 버리고 살았으면 한다. 이렇게 소의 걸음으로 걸어가다 보면 행복과 기쁨이라는 빛의 땅에 우리는 이를 수 있을 것이다.

《숫타니파타》에서 "자신이 원하는 일에 좋은 결과를 바란다면 인간으로서 짊어진 삶의 무게를 받아들여라. 참고 견디어 살다 보면 언젠가는 기쁜 일이 생긴다"라고 가르치신 뜻도 인내하며 정진하라는 것에 있을 테다. 《화엄경》에서도 마찬가지로 "부지런히 정진하는 마음을 일으켜 발심해 수행하라"고 이르고 있다. 부지런히 정진하는 일은 작은 물이 끊임없이 흘러 돌을 뚫는 일에 비유되기도 한다.

경전에는 이런 이야기가 전해진다. 어떤 사람이 보석을 갖고 바다를 건너다가 보석을 바닷물 속에 빠뜨려 잃어버리고 말았다. 그 사람은 목두木斗, 즉 곡식이나 액체의 분량을 재는 데 쓰는 그릇을 갖고 바다의 물을 퍼내기 시작했다.

그것을 본 바다의 신이 그 사람에게 물었다.

"언제 바닷물의 바닥을 낸다는 것이오?"

그 사람이 바다의 신에게 대답했다.
"죽고 사는 일은 전혀 염두에 두지 않고 있어요."

바다의 신은 그 사람의 뜻을 알고 보석을 내어 돌려주었다. 경전에서는 이 이야기를 들어 정진에 대해 강조해 가르치고 있다.

'구구소한도九九消寒圖'라는 그림이 있다. 동지 무렵에 81송이의 매화꽃 밑그림을 미리 그려놓고 하루에 한 송이씩 붉은색을 칠해나가는 방식인데, 그렇게 81일이 지나면 전체 그림이 완성될 뿐만 아니라 창문 바깥에 매화가 피고 봄이 멀지 않은 때라는 것이다. 옛 조상들의 삶의 지혜가 담긴 그림이라고 하겠다. 엄동설한을 견뎌내는 방식으로 꽃을 그렸다는 것이 너무나 아름답다. 또한 매일매일 조금씩 한 송이의 매화꽃 그림을 채색하는 그 마음이 다름 아닌 정진의 자세가 아닐까 한다.

이렇게 마음에 좋은 씨앗을 심는 이유는 모든 것이 마음에 근거하기 때문이다. 칸트는 "생각하면 할수록 놀라움과 경건함을 주는 두 가지가 있다. 머리 위에서 별이 반짝이는 하늘과 나를 항상 지켜주는 마음속의 도덕률"이라고 했다. 칸트는 우주적인 존재에 대한 사유와 자신의 마음을 잘 제어하는 것을 중요하게 보았던 셈이다.

봄에 씨앗을 파종하면 가을에 열매를 수확하게 된다. 좋은 씨앗을 심으면 좋은 열매를 얻는다. 우리도 마음에 심을 씨앗에 대해 생각해보았으면 한다.

온화한 대자연

흰 구름 무더기 속에 삼간 초막이 있어
앉고 눕고 거닐기에 저절로 한가롭다.
차가운 시냇물은 반야般若를 노래하고
맑은 바람 달과 어울려 온몸에 차다.

이 시는 나옹선사의 시이다. 깊은 산속에 작은 살림을 차려놓고 은둔하는 사람이 있다. 그이는 단순하고 작은 것에서 행복을 얻을 줄 아는 사람이다. 그러한 마음이니 생명세계의 움직임 중에 아름다운 환희의 노래 아닌 것이 없다.

제주에 이사 온 이후로 나는 늘 자연 속에 살고 있다. 조정권 시인은 시 〈아비의 팔짱〉[3]에서 이렇게 썼다.

어떤 가구보다 영원불멸한 것은 자연.
거기에 너를 새겨 넣어라.
온화한 수염이 지켜보시는
대자연의 가구 속에,
천진스러운 경애심으로.

참 멋진 표현이다. 온화한 대자연이라는 가구에 나 스스로를 편입시켜 살게 하라는 뜻이다. "천진스러운 경애심"을 갖고 대자연을 대하면서 말이다.

자연 속에서 일어나고, 자연 속에서 노동하고, 자연 속에서 잠들면서 소유에 대한 생각도 조금은 바뀌고 있는 듯하다. 꼭 필요한 것의 가짓수가 적어졌고, 그래서 새로 사들이는 것들의 목록이 줄었고, 되도록 있는 것을 활용하고, 그러다 보니 시장에 가서 뭘 더 사겠다는 생각을 눈에 띄게 덜 하게 되었다.

씨앗을 구해서 심고 길러 연한 싹으로 만든 나물을 얻어

먹으니 부족함 없이 충분히 좋다. 나무 그늘 아래에 의자를 놓고 복잡한 생각을 하나씩 밀쳐내버리고 있으면 그것도 좋다. 그러면 새의 노랫소리가 더 영롱하고 곱다. 푸른 잎사귀가 살랑살랑 흔들리는 것을 바라보면서 거기에 바람이 왔다 간다는 것을 눈치채게 된다.

법정 스님의 말씀들에 공감하게도 된다. 스님께서는 이렇게 이르셨다.

> 우리들이 필요에 의해서 물건을 갖게 되지만, 때로는 그 물건 때문에 적잖이 마음이 쓰이게 된다. 크게 버리는 사람만이 크게 얻을 수 있다는 말이 있다. 물건으로 인해 마음을 상하고 있는 사람들이 한번쯤 생각해볼 말씀이다. 아무것도 갖지 않을 때 비로소 온 세상을 갖게 된다는 것은 무소유의 역리逆理이니까.[4]

마음의 사용도 조금은 달라지고 있다. 아무래도 이웃해 사는 분들의 삶을 돌담 너머로 지켜보게 되면서부터 바뀐 게 아닐까 한다. 이 이웃들은 매우 부지런하고 말수가 적으며 화를 내지 않는다. 얼굴은 햇살에 검게 그을렸으나 마음은 밝은 빛이어서, 하루에도 같은 사람과 여러 번 인사를 나누고 땅에서 얻은 것과 산 물건들의 일부를 이웃에게 준다. 그러면서 다른 사람에 대한 험담을 하지 않는다. 나는 이 이웃들의 인심을 겪으면서 참으로 오랜만에 평화로움을 느꼈다. 이렇게 사는 것 자체가 하나의 수행과도 같겠다는 생각도 하게 되었다.

일전에 어느 책을 보다 보니 대만의 자제공덕회주 증엄 화상의 〈보천삼무普天三無〉를 소개한 내용이 있었다.

온 천하에 내가 사랑하지 않는 사람이 없기를 서원합니다.
온 천하에 내가 믿지 않는 사람이 없기를 서원합니다.
온 천하에 내가 용서하지 않는 사람이 없기를 서원합니다.

내 이웃들이야말로 이 보천삼무의 실천자라고 해도 될 듯했다. 아직 나는 이웃들의 넉넉하고 푸짐한 마음의 사용에는 미치지 못하지만 조금씩 배워 베풀면서 살아가려고 하고 있다.

시작하는 때에 남풍이 불어오네

일이 시작하는 때를 '남풍이 불어오기 시작하는 때'라고 부르고 싶다. 일의 시작은 초봄과 같다. 씨앗을 뿌리는 때인 것이다. 순이 움트는 때인 것이다. 프랑스의 시인 루이사 폴렝도 남풍의 불어옴을 찬탄했다.

오 남풍이여, 어여 와, 하얀 눈을 마셔줘요.
우리는 얼음과 바람으로 배가 불러요.
다감한 민들레가 흙에서 뽑아내요.
황금빛으로 아롱이는 아주 조그만 햇살 하나를.

시작하는 무렵은 민들레가 얼어 있던 땅에서 작은 햇살 하나를 뽑아내는 것과 같은 때다. 희망의 단초를 만들기 시작하는 때인 것이다. 터를 잘 닦지 않고 건물을 세울 수 없듯이, 어떤 일이든 그 시작에는 기초가 되어야 할 것들이 예비되어야 한다. 마치 시인이 한 편의 시를 새롭게 짓기 위해 신선한 생각과 적절한 언어들을 사전에 모아야 하듯이.

시작을 위해서는 튼튼한 작심이 함께 필요하다. 잘될 거라는 긍정적인 에너지를 자신의 내면에 가득 불어넣어야 한다. 모든 것은 마음에 근거하기 때문이다. 마치 달이 구름으로부터 빠져나오듯이 부정적인 생각으로부터 빠져나와야 한다. 미래의 좋은 일은 현재의 밝은 내면의 뿌리에서 잉태되는 까닭이다. 스스로를 굳게 믿지 않으면 스스로를 일으켜 세울 수 없고, 앞으로 나아갈 수도 없다.

가끔 나는 자전거 타는 방법을 배웠던 경험을 떠올린다. 혼자 자전거 안장에 앉았을 때의 불안감을 극복해야만 자전거 페달을 밟으면서 앞쪽에 활짝 펼쳐진 길로 진행할 수 있다. 이처럼 자신을 산처럼 신뢰하는 것에서부터 시작하는 힘은 비롯된다.

근래 〈꽃〉이라는 시를 쓴 적이 있다.

당신은 꽃봉오리 속으로 들어가세요
조심스레 내려가
가만히 앉으세요
그리고 숨을 쉬세요
부드러운 둘레와
밝은 둘레와
입체적 기쁨 속에서

세상 모든 사람의 내면이 꽃의 내부 공간과 같았으면 좋겠다는 생각을 표현한 적이 있다. 어떤 일을 시작하는 사람의 마음속은 이러해야 한다고 생각한다. 자신의 내면을 부드러움과 밝음과 기쁨이 감싸게 해야 하는 것이다.

나는 요즘 매일 잠깐의 시간을 내어 항구로 간다. 대개는 오후 2시 무렵인데, 이때는 어선들이 출항하는 시간이다. 어선들은 뱃고동을 울리면서 푸른 바다를 향해 나아간다. 어선에 탄 선원들은 바다에 펼칠 그물을 확인하고, 뱃머리는 파도를 넘으면서 의욕적으로 먼바다를 향해 나아간다. 만선의 꿈을 품고서 오늘의 새로운 바다로 나아가는 것이다. 이 힘찬 출항을 볼 때마다 나는 어떤 일을 막 시작한

나의 상태를 돌아본다. 그러곤 항구의 풍경에서 새로운 기운을 얻는다.

일의 중도에는 때때로 어려운 일이 닥치기도 할 것이다. 그러나 그때를 우리는 좋은 기회라고 생각해야 할 일이다. 매월당 김시습은 이렇게 썼다.

> 불길이 무섭게 타올라도 끄는 방법이 있고 물결이 하늘을 다 덮어도 막는 방법이 있으니 화는 위험할 때 있는 것이 아니고 편안할 때 있으며, 복은 경사 났을 때 있는 것이 아니라 근심할 때 있다.

일이 순탄하게 잘될 때 화가 생겨날 수 있고, 근심이 많은 어려운 때를 잘 견디면 복이 따라온다는 것이다. 물론 실수할 수도 있다. 그러나 바로잡으면 된다. 빠른 처방으로 환자가 병으로부터 벗어나듯이, 실수로부터 빠져나오면 된다. 길을 잘못 들면 곧바로 그 길을 나와 다른 길로 나아가면 되는 것처럼.

겨울에서 봄으로

겨울이 대지를 꽝꽝 얼게 하여도 땅속에서는 생명이 기지개를 켜고, 뿌리를 내리고, 잎을 들어 올린다. 땅거죽을 밀어 올리고 하늘을 밀어 올리며 푸릇한 기운이 솟아난다. 이러한 봄이 우리에게도 다가오고 있다.

봄은 생기의 계절이다. 생기 없이 우리는 살 수 없다. 싱싱하고 힘찬 기운이 있어야 살아갈 수 있다. 모든 움직임은 생기가 있다. 생기의 샘, 생기의 분화구를 갖고 있다. 매일 매일의 아침에 우리는 생기를 느낀다. 꽃집에서 막 사 와 화병에 꽂은 한 송이의 장미나 카네이션에서 싱싱한 생기를 느낄 수 있다. 생기는 신선한 공기와도 같다. 생기는 건강한 사람의 혈액과도 같다. 생기는 탄력이 좋다. 또한 꽃송이의 피어나려는 그 의욕을 일으킨다. 열이 가득한 상태, 설렘이 가득한 상태를 만든다. 올해 봄에는 모든 사람의 마음이 이처럼 밝고 높고 싱그러운 상태에 있었으면 좋겠다.

겨울의 끝자락은 봄바람에 밀려날 것이다. 봄을 맞으면서 우리는 우리의 갱신에 대해 생각해보아도 좋을 일이다. 아직 어려운 때에 있는 사람은 이 순간을 스스로 단련하는 때라고 생각하고, 어려운 때가 가고 나면 지혜를 얻게 될 것이라고 위안을 삼을 일이다.

봄은 여러 가지 색실을 바늘에 꿰어 봄꽃을 수놓고, 그것으로 자연의 옷감을 장식할 것이다. 자연의 거실과 베란다를 화사한 색으로 꾸밀 것이다. 겨울이라는 검회색의 커튼을 봄이라는 연둣빛의 커튼으로 교체할 것이다. 봄은 언덕 아래로 흘러 내려올 것이다. 농부는 밭에 새로이 곡식의 씨앗을 뿌리고 한 해 농사를 시작할 것이다. 발아를 앞둔 씨앗들은 고운 이가 돋아나는 아가의 잇몸처럼 근질근질할 것이다. 바야흐로 생기의 봄이 오고 있다.

아침에 한 사람을 기쁘게 하고
저녁에 한 사람의 슬픔을 덜어주고

곡우는 봄비가 내려서 온갖 곡식을 기름지게 한다는 절기이다. 농가에서 볍씨를 담가 싹을 틔우고 못자리를 만드는 때가 이 무렵이다. '곡우에 모든 곡물이 잠을 깬다'는 말이 있는 것도 이런 이유에서다. 제주는 이미 온 산이 연둣빛의 신록으로 가득하다. 시장 귀퉁이에서 산나물을 뜯어 팔러 나온 사람들을 여럿 만날 수 있다. 봄이 잘 익어 벌써 막바지에 이르고 있는 느낌이다.

근래에 작은 터를 얻어 틈틈이 풀을 뽑거나 돌을 캐내는 일을 하고 있다. 하루가 다르게 자라 오르는 풀도 감당하기

어렵지만, 돌밭에서 돌을 캐내는 일도 쉬운 일이 아니다. 삽이나 괭이의 날이 들어갈 수 없을 정도로 잔돌이 많다. 제주에 돌 많다는 얘기를 실감하게 된다. 호미로 풀의 뿌리를 뽑고, 또 돌을 골라내는 일로 반나절을 보내다 보면 복잡한 생각도 함께 끊어지고 없다. 마당을 비질하는 일로 깨달음을 얻었다는 얘기가 허튼 소리가 아닐 테다.

흙 속은 지렁이 세상이다. 아리스토텔레스는 지렁이를 지구의 창자라고 했고, 생물학자들은 흙을 헤집고 다니는 생태공학자라고 부른다는데, 지렁이가 이처럼 많이 살고 있는 것은 그만큼 흙이 건강하다는 신호일 테다. 지렁이를 만나면 부드러운 흙으로 다시 덮어주었다.

며칠 전에는 터에 작약을 사다 심었다. 동백도 몇 그루 옮겨 심었다. 동백은 작은 터 주변에 흔하고 흔한데 어느 것은 돌들이 쌓인 곳 가운데에서 자라고, 또 어느 것은 비탈에 비스듬히 자라고, 또 어느 것은 좋은 흙에 뿌리를 내려 곧게 자란다. 그 생육이 각각 다를 수밖에 없다. 어디에 뿌리를 내리느냐에 따라 그 자라남의 상태가 달라진 것이다.

땅을 파면서 풀들의 뿌리를 뽑다 보면 각각 다른 나무와 풀의 뿌리들이 서로 엉켜 있고, 결속되어 있는 것을 보기도 한다. 나는 근작으로 〈뿌리〉라는 시를 발표했는데, 졸시의 일부는 이러하다.

뿌리는 무엇과도 친하다

꽃나무와 풀꽃들의 뿌리가 땅속에서 서로 엉켜 있다

냉이가 봄쑥에게
라일락이 목련나무에게
꽃사과나무가 나에게

햇빛과 구름과 빗방울이 기르는 것은 뿌리의 친화력

아닌 게 아니라 냉이의 뿌리와 봄쑥의 뿌리가, 라일락의 뿌리와 목련의 뿌리가 서로 엉켜 있다. 그뿐인가. 나의 뿌리는 꽃사과나무의 뿌리와 서로 엉켜 있다. 사실 모든 존재는 독립적이면서도 그 뿌리는 연결되어 있는 것이다.

풀과 돌이 자라는 작은 터이지만 어쨌든 하나의 터를 얻었으니 나는 이 터에서 앞으로 네 계절을 볼 수 있을 것이다. 열반하신 고산 스님께서는 다음과 같은 임종게를 남기셨다.

> 봄이 오니 만상萬像이 약동하고
> 가을이 오니 거두어 다음을 기약하네.
> 내 평생 인사人事가 꿈만 같은데
> 오늘 아침 거두어 고향으로 돌아가네.

나는 이 작은 터를 통해 생명의 생겨남과 활발한 생기, 움직임, 쇠함과 사라짐을 함께 볼 수 있을 것이다. 뿐만 아니라 이를 통해 인간사와 시절 인연, 어떤 일의 도래함과 미래의 약속 같은 것을 함께 깊이 생각해볼 수 있을 것이다.

전남 해남 땅끝마을 미황사 주지로 오래 계셨던 금강 스님이 미황사를 떠나 제주 참선재단 원명선원으로 오셨다. 지난 일요일에 스님의 취임 법회가 열려 스님을 찾아뵈었다. 스님이 미황사를 떠나오려 하자 많은 분이 스님을 붙잡으려 했다는 아름다운 얘기를 전해 들었던 터였다. 《해남신문》에는 '미황사를 사랑하는 사람들' 명의로 "금강 스님, 당신이 있어 미황사는 아름답습니다. 금강 스님, 미황사를 떠나지 마세요"라는 광고가 게재되기도 했다. 스님과 오랜 인연을 맺어온 많은 분의 아쉬움이 더없이 클 것이었다.

취임 법회에서 나눠준 서원문을 법회 내내 반복해 읽었는데, 그 문장들이 참으로 좋았다.

사물을 깊이 있게 관찰하면서 마음 모아 숨 쉬고 미소 짓기를 서원합니다. 자비와 연민을 기르고 기쁨과 평정의 수행을 하고 중생들의 고통 이해하기를 서원합니다. 아침에 한 사람을 기쁘게 해주고 저녁에 한 사람의 슬픔을 덜어주기를 서원합니다. 단순하고 맑은 정신으로 살면서 적은 소유로 만족하고 몸과 마음의 건강을 지키기를 서원합니다. 가볍고 자유롭기 위하여 근심과 걱정을 놓아버리기를 서원합니다.

이 문장을 매일 소리 내어서 읽어야겠다는 생각을 했다. 출퇴근할 때에도, 풀 뽑고 돌 캐고 지렁이를 흙 속으로 돌려보내고 서로 엉킨 뿌리들을 볼 때에도 이 문장을 읽어야겠다는 생각을 했다. 생명들이 푸릇푸릇 자라나는 곡우 즈음이다.

그대는 여름보다 더 아름답고 부드러워라

음력 4월 8일은 부처님 오신 날이다. 제주의 사찰과 거리 곳곳에 연등이 걸려 있다. 귤나무에 하얀 꽃이 피고, 먹구슬나무에도 꽃이 매달리고, 밤에는 연등에 불이 켜져 낮과 밤의 시간 모두 어느 때보다 환하고 향기롭다. 자연의 활발한 움직임과 생기는 올해에도 변함이 없다.

붓다의 탄생 장면은 매우 인상적이다. 어머니의 오른쪽 옆구리에서 태어나 오른손은 하늘을 가리키고, 왼손은 땅을 가리키며 사방으로 일곱 걸음을 걸으면서 사자처럼 말했다고 한다.

"하늘 위 하늘 아래 내 오직 존귀하다. 온통 괴로움에 휩싸인 세상을 내 마땅히 안온하게 하리라."

걸음을 옮길 때마다 큰 연꽃이 솟아 붓다의 발을 받들었고, 천지가 진동했으며, 하늘에서는 꽃비가 내렸다고 한다.

그런데 왜 "하늘 위 하늘 아래 내 오직 존귀하다"라고 말했을까. 이 탄생게가 아만我慢을 뜻하는 것은 물론 아닐 테다. 내가 존귀한 존재이고, 내가 내 삶의 주인공임을 알라는 뜻일 테다. 그리고 내가 존귀하듯이 모든 존재가 평등하게 존귀하다는 뜻일 테다.

경전에는 '홀로'라는 표현이 종종 등장한다. 가령 널리 알려져 있듯이 "큰 소리에 놀라지 않는 사자처럼, 그물에 걸리지 않는 바람처럼, 물에 젖지 않는 연꽃처럼, 저 광야에 외로이 걷는 무소의 뿔처럼 홀로 가라"는 말씀이 있고, 또한 "진실하고 덕 높은 벗을 만나지 못했다면 마치 왕이 한번 점령한 땅을 미련 없이 포기하듯 홀로 자유로이 살아가라. 큰 코끼리가 홀로 숲속을 거닐듯이"라는 말씀도 있다. 이런 경우에도 '홀로'라는 말에는 각각의 모든 존재가 자유자재하며, 대자대비하며, 평등한 존재이니 스스로 주인공임을 알아 자존과 자립의 근거로 삼으라는 뜻일 테다.

부처님 오신 날을 맞아 스님들의 법문을 듣는 기회가 있었다. 그 가운데 춘성 스님의 일화는 내게 적잖은 생각을 하게 했다. 춘성 스님이 어느 날 왼쪽 발에는 검은 양말을, 오른쪽 발에는 흰 양말을 신고 있었는데, 이를 본 젊은 스님이 크게 웃었다고 한다. 그러자 춘성 스님께서 "두 발을 따로따로 봐야지, 두 발을 함께 보고서 분별심을 내느냐"라고 일갈했다는 것이다. 이 말씀에는 고정관념을, 분별하는 마음을 버리라는 뜻이 숨어 있다. 나와 너, 좋고 싫음의 분별심을 버리라는 말씀일 테다. 분별심이 사라지면 모든 관계의 평등을 보는 마음을 얻게 될 것이고, 이 상태가 곧 본래 내 마음의 존귀한 상태다.

법정 스님의 생전 법문도 이즈음엔 다시 생각이 난다. 스님은 "붓다는 어디서 오셨습니까? 무엇을 하기 위해서 오셨습니까?"라고 묻지 말고 "나는 어디서 왔는가? 또 무엇을 위해 왔는가?"를 질문해야 한다고 하셨다. 자비심이 곧 여래이고, 우리는 자비심을 실천하기 위해서 왔다고 하셨다. 그래서 "이 무서운 세상을 그 어떤 힘으로도 구할 길이 없습니다. 자비심만이, 사랑만이 우리들 자신을 일으켜 세우고 이웃을 구하고 세상을 구할 수 있습니다"라고 함께 이르셨다. 이 자비심도 물론 본래 내 마음의 존귀한 상태다.

영화 〈노매드랜드〉는 2021년 제93회 아카데미 시상식에서 작품상, 여우주연상, 감독상을 받았다. 이 영화에는 셰익스피어의 시 〈소네트 18〉이 소개된다. 참으로 멋진 시이다.

내 그대를 한여름 날에 비할 수 있을까?
그대는 여름보다 더 아름답고 부드러워라.
거친 바람 오월의 고운 꽃봉오리를 흔들고
여름의 빌려온 기간은 너무 짧아라.
때로 태양은 너무 뜨겁게 내리쬐고
그의 금빛 얼굴은 흐려지기도 하여라.
어떤 아름다운 것도 언젠가는 그 아름다움이 쇠퇴하고
우연이나 자연의 변화로 고운 치장을 빼앗긴다.
그러나 그대의 영원한 여름은 퇴색하지 않고
그대가 지닌 미는 잃어지지 않으리라.
죽음도 자랑스레 그대를 그늘의 지하 세계로 끌어들여 방황하게 하지 못하리.
불멸의 시구 형태로 시간 속에서 자라게 되나니,

인간이 살아 숨을 쉬고 볼 수 있는 눈이 있는 한
이 시는 살게 되어 그대에게 생명을 주리라.

이 시는 '그대'라는 존재를 한여름에 견준다. 여름은 짧고, 쇠퇴하고 말지만 그대가 지닌 아름다움은 영원하다고 말한다. 모든 것의 쇠락은 우연에 의하거나 자연의 변화 때문에 회피하기 어렵지만, 그대의 아름다움은 불멸할 것이라고 노래한다. 이 시를 읽으면서도 '그대'는 곧 고귀하고 평등하고 자유롭고 자비심이 충만한 본래의 마음을 가리키는 것이 아닐까 생각하게 된다.

많은 이가 감미롭게 마시게 하라

섧다 해도
웬만한,
봄이 아니어,
나무도 가지마다 눈을 텄어라!

김소월 시인의 시 〈수아樹芽〉다. '수아'는 나무의 새순을 의미할 테다. 우리의 삶은 마치 갈 곳 없는 처지처럼 서러운 것이지만, 그렇더라도 봄이 다시 돌아오니 묵은 가지에 새순이 돋는 것을 눈여겨보게 된다는 뜻으로 이해할 수 있겠다.

길을 잃고 사랑을 잃은 심정을 김소월 시인은 자주 노래했지만, 봄의 우주적 기운이 만들어내는 생동生動의 흥취는 그도 억누를 수 없었던 모양이다. 그의 시 〈낙천樂天〉은 이번에 새롭게 읽은 시였다.

살기에 이러한 세상이라고
맘을 그렇게나 먹어야지.
살기에 이러한 세상이라고
꽃 지고 잎 진 가지에 바람이 운다.

생활이 뜻대로 되지 않고 난관이 닥치는 때가 자주 있다. 참으로 살기에 쉽지 않은 때가 있다. 그러할 때 시인은 조금은 낙천적인 게 도움이 될 수 있다고 말하는 듯하다. 염세적으로 바라보지 않고, 즐겁고 좋은 때가 곧 오겠거니 기대를 하고도 살아볼 일이라고 말하는 듯하다. “꽃 지고 잎 진” 때는 어떤 하강의 국면일 테지만, 꽃도 잎도 없는 가지에 설령 바람이 불어오더라도 살기에 어려움이 지극히 많은 때를 지금 통과하고 있다고, 이 역경의 시기도 머잖아 지나가리라고 조금은 스스로를 위로도 해볼 일인 것이다.

그 어느 때보다 무력감과 피로감을 느끼는 사람들이 많다. 내 주변에도 우울을 호소하는 경우가 적지 않다. 집에만 머무르다 보니 답답한 마음이 생기고 활력이 떨어진다는 불편을 말하기도 한다. 여러 사람을 한곳에서 만나는 일을 꺼리게 된다. 심지어 뉴스를 자주 접하다 보면 과도하게 공포에 휩싸이게도 된다.

그러나 이럴 때일수록 우리에게 필요한 것은 다른 사람에 대한 연민심이 아닐까 한다. 서로서로 그물처럼 연결된 삶을 살고 있다는 생각을 갖고, 내가 당장 감당하는 불편보다 다른 사람이 짊어진 더 큰 고통의 무게를 보살피려고 해야 할 것이다. 우리 가족과 이웃 가운데 병을 직접 앓는 사람이 있고, 또 당장의 생계를 걱정해야 하는 사람들이 많기 때문이다.

내게 지금 당장 필요하지 않으면 다른 사람을 위해 내 것을 내주는 일은 그래서 소중하다. 방호복을 입고 치매를 앓는 할머니를 간호한 30대 손자의 사연은 감동적이었다. "내 능력으로 도울 수 있는 한계입니다. 힘들 내세요"라고 쓴 쪽지와 함께 파출소에 자신의 마스크를 놓고 간 시민의 이야기도 가슴을 뭉클하게 했다. 자신을 70대의 기초생활

수급자이자 노점상인이라고 소개하며 마스크 40장과 현금 100만 원을 검은색 비닐봉지에 담아 경찰에게 건넨 후 황급히 자리를 떠난 분도 있었다. 이러한 선의의 나눔과 양보를 보며 우리는 지금 이곳이 그래도 살 만한 세상이라는 생각을 하게 된다.

우리 시단의 어른인 김남조 시인이 근래에 발표한 시 〈성주城主〉[5]는 여러 가지를 생각하게 했다.

탁월함이 인격인 건 아니고
행복이 가치의 지표도 아니다
재물은 너무 많아도 안 되고
고독은 너무 적어도 안 된다

멀리 보며 전체를 생각하라
좋은 꿀의 꿀물을 타서
많은 이가 감미롭게 마시게 하라
겸허히 기도하라

이 시는 우리 모두가 성주, 즉 자기 삶의 우두머리이며 주인공이라고 말한다. 그러할 때 너무 남보다 탁월하려고만 하거나 행복한 일만을 추구하려 하지 말고, 재물이 과도하게 쌓여 있지 않게 하면서, 인간으로서의 고독을 감내하면서, 자신을 낮추고 비운 채 기도하면서, 많은 이들의 인생이 감미롭도록 도와야 한다고 말한다.

내가 가진 물질을 나누는 것도 좋은 일이요, 다른 사람의 마음의 병을 치료해주는 일도 선한 일이다. 많은 이의 감미로운 삶을 위해 무엇을 할 수 있는지 가만히 생각해보는 요즘이다.

착하고 예쁘게

이은봉 시인의 시 가운데 〈내일이여 역사여〉[6]라는 시가 있다. 짧은 시이다. 옮겨 적으면 다음과 같다.

따스한 봄바람으로, 부드러운 봄별으로, 은여우의 꼬리털로, 당신의 꽉 닫힌 가슴, 활짝 열어젖히고 싶은,

시여 내일이여 역사여.

시를 쓸 때에나 다가올 미래의 시간을 준비할 때에나 시

간이 쌓여 새로운 역사를 만드는 일에 따스함과 부드러움을 활용했으면 하는 바람을 이 시는 표현하고 있다. 노여움과 매정함, 날카로움 같은 것과 어울려 살고 싶은 사람은 아마도 없을 것이다. 우리는 거칠거나 뻣뻣하지 않고 부드러운, 또 훈기가 있는 마음들과 어울려 살고 싶은 것이다.

선한 사람은 대개 마음이 담박하다. 아첨하거나 비방하는 말을 할 줄 모른다. 솔직하다. 선한 사람은 마치 조용하게 편안하게 앉아 있는 사람처럼 보인다.

가만히 생각해보면 내 아버지께서도 선한 성품을 지니셨다. 평생을 정직하게 농사만 지으셨는데, 노동한 만큼만 당신의 몫으로 받으셨다. 수확한 것을 팔러 시장에 가서도 값을 더 받으려고 억지스럽게 애쓰지 않으셨다. 그러므로 흥정이 복잡하게 오가지 않았다. 남에게서 박하게 받고, 남에게 후하게 주셨다. 다른 사람이 애써 일한 것을 대가 없이 받으려 하지 않으셨다. 꼭 그만큼 값을 치르고 건네받으셨다.

씨를 뿌리고, 논에 물을 대고, 베어서 거두고, 탈곡하고, 짐승을 먹여 길러내는 일에 게으름 피우는 일 없이 최선을 다하셨다. 지니게 된 것이 적으면 당신의 부족함 때문이라고 여기셨다. 밭둑에 앉아 새참을 드실 때면 주변 논밭에 나와 일하고 있는 분들을 일일이 불러서 적은 음식이지만 나눠서 드셨다. 차림은 늘 수수하게 하셨다. 그리 좋지도 않고 나쁘지도 않게 어울리게만, 어지간하게만. 대신 깨끗한 차림을 하셨다.

내가 가까이에서 모시는 한 스님도 선한 성품을 지니셨다. 노하시는 음성을 들은 적이 없다. 거절도, 싫은 내색도 없으시다. 왼쪽의 경우를 여쭈면 “잘했네요. 그렇게 하면 되겠어요”라고 이르시고, 다시 오른쪽의 경우를 여쭈면 역시 “잘했네요, 그렇게 하면 되겠어요”라고 이르신다. 나중에 그 선택의 결과를 돌아보면 왼쪽의 경우든 오른쪽의 경우든 그 선택에 크게 개의치 않아도 될 일이었던 경우가 많았다. 스님은 속이 깊은 마음씨로 사람을 밝게 대하시고, 넓은 안목을 갖고 세상을 바라보신다. 다만 열심히 기도하는 일에 대해서만 말씀을 강조해서 자주 하신다. 까다로움이 없고 무던한 분이시다.

내가 사는 장전리 마을에도 성품이 너그러운 어른이 계신다. 농사를 짓고 고된 일을 하느라 얼굴에 주름이 가득하지만 그 낯은 늘 웃고 있다. 안색이 밝은 분이시다. 안색이 밝음은 희심喜心, 즉 기뻐하는 마음이 많기 때문일 테다. 무엇보다 부지런하시다. 그 어른은 내 형편이 뭔가 부족해 보이는지 주려고만 하시고, 내가 지닌 것을 좀 덜어드리면 더 필요한 사람에게 나눠주라고 손사래를 치신다. 얼마 전에는 골목에서 만났더니 돈을 벌든 무슨 일을 하든 잘될 때도 있고 안 될 때도 있으니, 너무 애를 태우며 살지 말라고 당부하셨다. 그동안의 삶의 경험을 통해 느긋함과 참을성과 배려심을 온전히 갖게 된 분 같았다.

> 가르침 안 외움은 말의 더러움, 부지런하지 않음은 집의 더러움, 깨끗하지 않음은 몸의 더러움, 방종은 하는 일의 더러움이 되고, 인색은 보시의 더러움이 되고, 악은 행동의 더러움이 되고, 금세와 후세에 행한 악한 짓은 항상 더러움이 되는 줄 알라. 그러나 그 모든 더러움 중에 어리석음 같은 것 다시 없나니, 수행해서 마땅히 이를 버려라. 더러움이 없어야 비구이니라.

이 말씀은 《법구비유경》의 가르침이다. 덕성을 쌓으려면 어떻게 해야 하는지 이르고 있고, 덕성이 부족함을 더러움에 비유하고 있다. 이때의 더러움은 곧 잡염雜染을 일컫는 것으로 이해할 수 있지 않을까 싶다. 더러움을 제거한 사람은 청정한 사람이요, 또한 이 사람은 선한 마음의 소유자일 것이다.

경전을 읽다 보면 청정하고 선하고 고요하고 안정된 마음을 '물'에 빗대어 가르치는 경우를 종종 볼 수 있다. 가령 "깨끗한 물도 더러움이 끼어들면 탁해지거니와 뒤에 가서 다시 깨끗해지는 것은 그 더러움이 제거되었기 때문이다"라는 말씀이나 "물은 사물의 그림자를 잘 나타낸다. 그러나 이것을 솥에 넣고 불을 많이 때서 솥 속의 물이 들끓게 만든다든가, 다시 헝겊으로 그 위를 덮는다든가 한다면 사람들이 그 곁에 가 서서 비추어보려 한다고 해도 자기의 그림자를 비추어 볼 수 있는 사람은 아무도 없게 된다"라는 말씀이 그 일례가 될 듯하다.

물이 모여 쌓인 맑은 담潭이나 작은 옹달샘을 볼 때면, 물이 깨끗하고 물결이 적어야만 사물이 그 물의 수면에 비쳐드는 것을 볼 수 있다. 그리고 그 물의 수면은 아무리 작아도 이 세계가 고스란히 다 들어가 비칠 정도로 너른 용적을 갖고 있다. 우리는 이런 사람과 어울려 살고 싶은 것일 테다.

그래그래, 착하고 예쁘게 사는 것이 좋은 거야 그게 가장 잘나고 멋지게 사는 거야…… 실은 다 네가 일부러 져 준 거잖아 그렇지?

이 시구는 앞서 소개한 이은봉 시인의 시 〈착하고 예쁜 사람〉[7]의 끝부분이다. 이 시구를 읽다 보면 어느새 마음 한 쪽에 나팔꽃이 핀 것 같은 느낌이다. 다른 사람과 겨루는 때에 일부러 꺾여주고, 양보하고, 들어주는 마음이 잘 느껴진다. 착하고 예쁜 마음이 잘 느껴진다. 착하고 예쁘게 살자는 말에 크게 공감하지 않을 수 없다.

여름

시집을 읽는 일은 과일나무에서 햇과일을 따서 먹는 일과 같은 희열이 있다. 한 편 한 편의 시에 실린 그이의 고유하고 특별한 마음과, 세상에 대한 새로운 감각과, 산뜻한 생각을 읽는 즐거움이 있기 때문이다. 나는 우편으로 온 시집을 펼쳐놓고 마치 초여름의 신록을 보듯이 틈틈이 시편들을 읽는다.

달과 같은 환한 얼굴

다니카와 슌타로라는 시인이 있다. 이 시인은 1931년 도쿄 출생으로 일본에서 국민 시인으로 사랑을 받고 있다. 우리에게도 잘 알려진 애니메이션 〈우주소년 아톰〉 〈하울의 움직이는 성〉 등의 주제가를 작사하기도 했다. 이 노시인의 시와 산문을 최근에 다시 읽었는데 읽을 때마다 신선하다. 어렵지 않으면서도 소박한 감동이 있다.

〈나 태어났어요〉[8]라는 시가 있다.

나 태어났어요

드디어 여기 왔어요
눈은 아직 안 보이고
귀도 들리지 않지만
난 알아요
여기가 얼마나 좋은 곳인지
그러니까 방해하지 마세요
내가 웃는 것을 내가 우는 것을
내가 누군가를 사랑하게 되는 것을
내가 행복해지는 것을

갓난아기의 음성이 가만가만히 들려오는 것만 같다. 이곳에 태어난 것이 얼마나 큰 행운인가를, 우리 모두가 그 환희를 기억해 잊지 않았으면 좋겠다는 뜻이 담겨 있다. 또 한 편의 시 〈미래의 아이〉[9]에도 비슷한 생각이 담겨 있다.

오늘은어제의미래
내일은오늘보는꿈
누군가푸른하늘을약속하고있다
초록빛들판도약속하고있다

이제부터태어날노래에맞춰서

의도적으로 띄어쓰기를 하지 않은 채 쓴 이 시의 시구에도 미래에 대한 희망이 잔뜩 묻어 있다. 내일이라는 시간은 곧 푸른 하늘이요, 초록빛 들판이요, 머잖아 태어날 노래라는 의미일 테다. 미래의 시간에 대한 참으로 부드럽고 밝은 생각이 아닐 수 없다.

얼마 전 문득, 내가 부정적인 생각에 꽤 많이 휩싸여 있다는 것을 깨닫게 되었다. 특히 곧 일어날 미래의 일에 대해 불안해하고, 초조해하고, 어둡게 전망하고, 결과를 의심하는 경우가 많다는 반성을 하게 되었다. 살아오면서 밝은 날의 장면들도 많았으나 그에 못지않게 암울한 날들의 장면들도 많았기 때문일 테지만, 곰곰이 생각할수록 마음이 무거워졌다. 그날 이후로 나는 부정적인 생각을 하지 않으려고 애를 쓰고 있다.

잡아함 41권 1,136경 《월유경月喩經》에는 이런 가르침이 있다. 부처가 죽림정사에 머무르고 계실 때에 달을 비유로 들어서 다음과 같은 설법을 하셨다.

비구들이여, 그대들이 음식을 얻기 위해 재가의 집에 가거든 마땅히 달과 같은 얼굴을 하고 가라. 마치 처음 출가한 신참자처럼 수줍고 부드러우며 겸손하게 몸과 마음을 바르게 하고 가라. 또한 훌륭한 장정이 깊은 우물을 들여다보고 높은 산을 오를 때처럼 마음을 단속하고 행동을 진중하게 하라.

이 가르침을 읽으면서 나는 평소의 내 얼굴빛과 표정에 대해 생각해보게 되었다. 내 얼굴이 구겨진 종이처럼 너무 자주 일그러져 있거나 화냄의 불길에 휩싸여 있지 않았는지 돌아보게 되었다. 수줍고 부드러운 얼굴은 무엇일까도 함께 생각해보았다. 그런 얼굴이란 아마도 내가 최근에 산길에서 본 노란 복수초와도 같은 얼굴이요, 또 돌담 아래서 피어나기 시작한 수선화 같은 얼굴이 아닐까 싶었다. 그리고 그런 얼굴은 내가 맞을 미래의 시간에 더 행복한 일이 일어날 것이라고 믿는 긍정적인 내심內心으로부터 맑은 샘물처럼 생겨나는 것이 아닐까 싶었다.

실로 우리는 걱정이 너무 많다. 일어나지 않은 것에 대해 극도로 염려하기도 한다. 그래서 얼굴이 환하게 활짝 펴질 날이 드물다. 스트레스 때문이라고 구실을 찾기도 한다. 그러나 스트레스도 내가 만든 것이다. 스트레스는 알고 보면 일어나는 일에 대해 내가 감정적으로 반응하기 때문에 유발되는 것이기도 하다.

그렇다면 일어나는 일에 대해 감정적으로 반응하지 않기 위해 어떻게 하면 좋을까. 전문가들은 눈에 보이는 것을 객관적으로 말하는 연습을 하라고 권한다. 예를 들면 바닷가를 산책할 때, "오늘은 바다가 잠잠하다" "물질 나갔던 해녀가 헤엄쳐 돌아온다" 같은 말처럼 있는 그대로를 가감 없이, 감정을 덧씌우지 않은 문장을 말하는 연습을 하라는 것이다. 이처럼 부정적인 감정에 묶이지 않으면 어두운 언어를 구사하지 않게 될 것이고, 이내 얼굴빛도 화사해질 것이다.

소박한 행복

제주에 살면서 맛보게 된 음식 가운데 자리물회와 각재기국이 있다. 자리물회는 몸이 비교적 작은, 갓 잡은 자리돔을 잘게 썰어 양념으로 버무린 뒤 물을 부어서 먹는 음식이다. 각재기는 전갱이의 제주도 사투리라고 한다. 배추를 넣고 뚝배기에 담아 끓여낸 각재기국은 국물이 맑고 시원하다. 자리물회와 각재기국은 보통의 서민들이 즐기는 참으로 수수한 음식이다.

여름날 저녁에 들마루를 밖에다 내놓고 더러는 앉아서, 더러는 누워서 끝맺음이 없는 이런저런 이야기를 하던 때가 떠오른다. 어머니께서 손으로 직접 반죽을 해 밀고, 칼로 썰어 만든 손칼국수를 먹던 어느 저녁의 작은 행복 같은 것도 생각이 난다. 또 나무 아래 짙은 그늘에 앉아 쉬면서 한담을 하며 보냈던, 특별한 일이 없었던 보통의 때가 떠오른다.

특별한 일이 없었던 보통의 때라니! 사실 우리는 매일매일 평상시平常時를 살고 있지만, 이것을 자주 실감하지 않는 것이 아닐까 한다. 모래사장처럼 평평하고 너르게 펼쳐진 평상平常의 시간 말이다. 매시간이 골치 아픈 일로 채워지는 것이 아님에도 우리는 초조하고, 여유가 없이 서두르고, 한담을 즐길 줄 모르고, 소박한 음식을 먹으면서 평화를 나누는 그런 시간조차 쉽게 갖지 못하는 것이 아닐까 한다. 물론 나도 이러한 형편에 있는 사람일 테지만.

다행히 최근 서너 번 찾은 제주도의 오름은 내게 한담과 평화의 시간을 안겨주었다. 오름은 화산이 폭발하면서 생겨난 용암이 굳어서 만들어진 작은 산이다. 꽤 높은 오름도 있지만, 대개는 봉긋하게 솟아 있다. 모나지 않고 부드러운 형세다. 어떤 오름은 밥그릇을 엎어놓은 듯 정겹기까지 하다. 완만한 경사의 숲길을 느릿느릿하게 걸어 오름을 다 오르면 저 멀리까지 시야가 트이고, 들판이 펼쳐지고, 바람이 움직이는 것이 보이고, 하늘이 사방으로 열린다. 그리하여 갈등이 없는 평온한 마음에 닿게 된다.

이성복 시인은 제주 오름을 마주한 때의 감회를 일찍이 쓴 적이 있다.

> 입으로 힘껏 고무풍선을 불 때 돌연 의외의 모양이 부풀어 오르듯이, 압축된 소리들이 새를 닮은 나무, 나무를 닮은 바위의 모습으로 가까스로 자신을 내밀 때, 둥근 빵처럼 멎어 있던 오름의 평화는 순간적으로 흔들린다. 그러나 그 흔들림은 평화의 깨어짐이라기보다는 평화의 일렁거림, 평화의 찰랑거림으로 표현하는 것이 옳으리라.[10]

사실, 정말로 그러할지 모른다. 도도록하게 나온, 소복하게 솟은 하나의 오름처럼 우리 내면의 평화는 일렁거리고 찰랑거릴 뿐 깨어지지 않는 것일지도 모른다. 우리가 덜 조급해하고, 조금은 의연한 척도 하면서, 딴청을 피우는 척도 하면서 산다면 말이다. 못나고도 촌스러운 음식을 먹으면서, 별로 중요하지도 않은 얘기를 주고받으면서, 잠깐씩 각별할 것 없는 평범한 때를 사는 것, 그것이 바로 소박한 행복의 내용일 수도 있을 것이다.

애련

얼마 전 한 선생님께서 연꽃 사진과 함께 〈애련설愛蓮說〉의 문장을 휴대전화 문자로 보내셨다. 〈애련설〉은 알려진 대로 북송의 유학자 주돈이가 지은 것이다. 연꽃을 사모하는 마음이 잘 드러나 있다. 문장은 이러하다.

물과 땅에서 피는 초목의 꽃 가운데에는 사랑할 만한 것이 매우 많지만 진나라의 도연명은 국화를 각별히 사랑했고, 당나라 이후에는 세인世人들이 모란을 사랑했다. 나는 연꽃을 유독 사랑하는바, 연꽃은 진흙에서 자라지만 더럽혀지지 않고, 물에 씻겼으나 요염하지 않고, 가운데는 텅 비어 있고 바깥은 곧으며, 덩굴로 자라지 않고 가지를 치지 않는다. 연꽃의 그 향기는 멀어질수록 더욱 맑고, 우뚝하게 서서 깨끗하니 멀리서 바라볼 수는 있어도 함부로 하거나 갖고 놀 수 없다. 생각하건대, 국화는 은자隱者이고, 모란은 꽃 가운데 부귀하며, 연꽃은 꽃 가운데 군자君子라 이를 만하다. 아! 국화를 사랑하는 것을 도연명 이후에는 들은 바 드물고, 나와 함께 연꽃을 사랑할 이는 또 누구일까? 모란을 사랑하는 사람들은 마땅히 많을 것이다.

다시 읽어보아도 참 아름답고 격조가 있는 문장이다. 국화와 모란, 그리고 연꽃을 사랑하는 이들에 대해 말하면서 연꽃의 성품에 대해 상세하게 적고 있다. 대개 연꽃의 성품을 '처염상정處染常淨'이라고 말하듯이, 진흙 속에 뿌리를 내리면서도 결코 더러움에 물들지 않는 것이 연꽃이라고 쓰고 있다. 요염과 교태를 모르고 줄기의 한가운데가 텅 비어 공적空寂하지만 곧게 뻗으며, 덩굴과 가지 없이 자라남도 연꽃의 됨됨이라고 적고 있다. 은은한 향기가 멀리 나아가니

이것은 가히 연꽃의 매력이라면서, 이러한 면모로 볼진대 연꽃은 군자에 비견할 만하다고 감탄한다. 이 글은 다만 연꽃에 대한 찬탄의 문장에 그치는 것이 아니라, 우리가 지녀야 할 내심의 내용을 함께 언급하고 있다고 하겠다.

친절

'종교란 무엇인가?' 하는 질문에 달라이 라마는 이렇게 답했다.

종교의 핵심은 친절입니다. 지금 당신 주변에 있는 사람들에게 따뜻한 마음을 베푸십시오. 그것이 종교입니다. 깨달음에 너무 집착하지 마십시오. 깨달음이 너무 강조되어서는 안 됩니다. 먼저 필요한 것은 자비입니다. 자비를 실천하며 살아간다면 깨달음은 약속되어 있습니다.

명료하고 간단한 답변처럼 보이지만 이 답변처럼 살아가는 일은 쉽지 않다. 친절을 베풀고 자비를 실천하는 일에는 다른 사람들의 아픔과 고통을 나누는 것도 포함된다. 다른 사람들이 괴로움에서 벗어나 안온을 얻기를 바라는 것도 친절이요, 자비심이다.

불교에서 유마거사는 "뭇 생명이 아프므로 나도 아프다"고 했다. 모든 존재가 병에서 벗어날 때에 자신의 병도 사라진다고 했다. 다른 생명의 고통을 자신의 그것으로 여겼다. 동체대비同體大悲의 자비심을 실천했다. 유마거사는 "모든 중생의 몸의 병, 마음의 병 다 고치고 편안하게 하는 의왕醫王이 되겠습니다"라고 서원했다. 연민하는 마음 또한 큰 자비의 마음이다.

풀과 돌멩이

시골 마을로 이사한 후, 아침과 저녁에 풀을 뽑고 돌멩이를 캐는 일을 매일매일 하고 있다.

텃밭에 있던 죽은 나무의 거대한 뿌리들을 뽑는 일은 고된 일이었다. 경작하지 않았던 텃밭은 풀들과 돌들의 세상이었다. 그래서 텃밭에 채소와 화초를 심으려 비교적 시원한 때에 틈을 내서 돌을 캐내고 풀을 뽑았다. 돌은 캐내어 돌무더기를 쌓으면 끝이었지만, 풀은 뽑아도 금방 돋고 자라나고 번져갔다. 풀은 마치 불처럼 번져갔다. 풀은 맹렬해 무서웠다.

나는 풀보다 돌멩이를 귀하게 보게 되었다. 돌멩이로부터 침묵을 들추어냈고, 풀로부터 집착을 끄집어냈다. 돌멩이로부터는 부드러운 미소가 흘러나왔지만, 풀로부터는 억세고 고집스러운 악착이 흘러나왔다. 돌멩이와 풀은 내게 어떤 명상의 시간을 안겨주기도 했다.

물론 돌에 대한 나의 명상은 예전부터 이어져온 것이었다. 졸시 〈입석立石〉을 통해 이렇게 노래한 적이 있었다.

그이의 뜰에는 돌이 하나 세워져 있었다
나는 그 돌을 한참 마주하곤 했다
돌에는 아무것도 새긴 게 없었다
돌은 투박하고 늙었다
그러나 웬일인지 나는 그 돌에 매번 설레었다
아침햇살이 새소리와 함께 들어설 때나
바람이 꽃가루와 함께 불어올 때에
돌 위에 표정이 가만하게 생겨나고
신비로운 목소리가 나지막하게 들려왔다
그리하여 푸른 모과가 열린 오늘 저녁에는
그이의 뜰에 두고 가는 무슨 마음이라도 있는 듯이

돌 쪽으로 자꾸만 돌아보고 돌아보는 것이었다

내게 돌은 어떤 마음처럼 여겨졌다. 어떤 존재처럼 여겨졌다. 그동안 잠잠하게 덮여 있었던 내심과도 같이 여겨졌다. 게다가 하나하나의 돌은 보석을 숨긴 돌이었다. 돌탑이나 특별한 형상을 이룬 돌무더기를 볼 때에는 유연有緣에 대해 사유했다.

유연이란 무엇인가. 유연은 인연을 이르는 것 아니겠는가. 돌과 돌이 만나 아래위로 받치고 얹히면서 집적을 완성한다. 잔돌과 큰 돌이 어울리면서 하나의 쌓임을 완성한다. 각각의 몫을 다하면서 조화의 세계를 만든다. 그러므로 나는 돌들의 쌓임을 보면서 그 자체가 마음이요, 존재라는 생각을 해왔던 셈이다.

텃밭을 가꾸면서 비록 돌들을 캐냈지만, 그것은 돌들을 버리기 위함이 아니었다. 그 잔돌과 큰 돌로 돌담의 일부를 쌓거나 밭의 경계를 이루게 하였다. 심지어 돌에 푸른 이끼가 얹히는 시간을 기다리거나, 돌을 깨끗하게 씻어 서재 한쪽에 두곤 돌의 고요함과 돌의 신뢰와 돌의 안정을 배우기도 했다. 경전에서도 네모나고 단단하고 반듯한 돌처럼 마음을 단속하라고 이르지 않았던가.

반면에 풀로부터는 악착을 보았다. 끊어지지 않고 발생하는 것들을 보았다. 감각의 사용이 제어되지 않으면 풀처럼 되리라고 생각하며 경계해야 할 것으로 여겼다. 도무지 풀은 솟지 않는 곳이 없었고, 쉽게 사라지지 않았고, 방심하는 사이에 다시 돋았다.

경전에서는 모든 감각기관의 문을 굳게 지키고 그 마음을 잘 붙잡아 매어야 한다고 가르친다. 눈의 빛깔과 귀의 소리와 코의 향기와 혀의 맛과 몸의 촉감과 생각의 분별을 잘 다뤄야 욕망의 유혹에서 벗어날 수 있고, 들짐승 같은 마음이 사라져 얼굴이 편안해질 수 있다고 가르친다. 이런 가르침 아래에서 풀은 내게 곧 들짐승 같은 마음이자 존재처럼 여겨졌다.

> 탐욕이란 때맞추어 오는 비처럼 그 욕심이 자꾸자꾸 자라서 만족할 줄 모른다. 즐거움은 적고 괴로움만 많으니, 지혜로운 사람은 그것을 관조觀照해 떨쳐버리려고 한다.

이 문장은 《증일아함경》의 말씀이다. 나는 끝없이 자라는 풀을 뽑는 노동을 통해 자꾸자꾸 자라려는 탐욕을 관조한다. 많은 경전에는 욕심을 부리지 않으면 얻게 되는 이익이 구체적으로 언급된다. 슬픔이나 두려움이 적고, 마음이 평온하고, 여유가 있고, 항상 만족스럽게 생각하고, 하소연을 하지 않고, 노심초사하지 않고, 다투지 않게 된다고 말한다. 그러므로 풀과 돌멩이를 다루는 시간도 곧 우리에겐 수행의 시간이 되는 것이다.

우주적 율동

얼마 전 전남 장흥에 계시는 한승원 선생님으로부터 한 권의 책이 우편으로 왔다. 선생님의 자서전《산돌 키우기》였다. 한승원 선생님은 불교계의 대표적인 시인이자 소설가이다. 고향인 전남 장흥의 율산마을에서 바다를 시원始原으로 한 작품들을 써오고 계신다. 책 속에 이런 문장이 있다.

나에게는 시간이 있다는 말을 사랑한다. 시간이란 무엇인가, 시간은 '미래가 없는 것을 소멸시키는 신'이다. 그 시간 앞에서 소멸되지 않고 영원한 얼굴을 하고 있는 것은 바다나 산이나 하늘이나 해나 달이나 별이다. 영원한 얼굴을 하고 있는 것들은 자연 친화적인 것들인데 모두 신성을 갖고 있다.[11]

선생님은 “시간은 미래를 창조하지 못하는 존재들을 파괴하는 신이다. 시간은 자신을 완성시키려 하는 자, 자기의 영원한 미래를 창조하려 하는 자의 것이다”라고도 쓰셨다. 즉 수행을 통해 자아를 완성하려는 사람만은 시간이 파괴하지 못한다는 말씀이었고, 그런 사람은 영원한 미래를 창조한다는 말씀이었다.

나는 특히 이 ‘신성’이라는 말이 마음에 들었다. 이 신성은 우주적인 율동을 뜻하는 것으로도 이해되었다. 선생님은 우주적 율동을 자비, 사랑, 어짊, 도道 혹은 그윽함玄이라고 이르기도 하셨다.

지난주 일요일에는 작은 절의 일요 법회에 참석했다. 함께 절을 하고, 기도를 하고, 스님의 법문을 듣고, 경전을 읽었다. 갈등과 근심이 없는 평온한 시간이었다. 그리고 봉축 발원문도 독송했는데, 나는 다음과 같은 문장에서 이미 ‘신성’이라는 말의 귀한 뜻을 한차례 새겼을지도 모를 일이었다.

붓다께서는 지금 우리가 살아 숨 쉬고 있음이 함께하는 모든 생명의 청정함에서 비롯된 것임을 깨닫게 해주셨습니다. 모든 소중한 인연들에 감사하며 온 생명의 행복과 평화를 위해 간절히 기도 올립니다. 오늘 지구촌 생명들을 위협하는 병마는 오직 인간만의 이익을 위하여 뭇 생명의 생존을 위협하고, 개인의 탐욕에 물들어 이웃을 멀리하고, 공동체의 청정함을 훼손하여 비롯된 것임을 깊이 성찰하며 참회합니다. 우리 모두는 고귀하고 거룩한 생명입니다. 청정한 마음과 몸으로 병마를 이기는 힘을 길러 함께 일어서기를 간절한 마음으로 기도합니다.

이 봉축 발원문에서의 청정함이 곧 신성의 의미이기도 할 것이다. 모든 생명들이 본래부터 가진 청정함과 신성이라는 이 자성自性을 잘 존중하고 보호하려고 한다면, 우리가 살아가는 이 세계에 병마와 갈등과 폭력이 사라질 것이다. 다른 존재가 신성한 존재라고 생각하면 함부로 하지 못하고, 그 존재를 나처럼 모시게 될 것이기 때문이다. 모든 오해와 그릇된 행위는 나의 독선과 오만에서 비롯되며 독선과 오만은 구분과 차별로부터 생겨난 것이니, 다른 존재가 나처럼 신성하다고 여기면 구분과 차별도 한순간에 끊어질 것이다.

푸른빛이 점점 짙어지는 한 그루 나무의 성장을 보면서, 혹은 울울창창해지는 숲을 보면서도 우리는 어떤 신성 같은 것을 느낀다. 깨끗한 잎을 펼치고 그늘을 넓혀가는 생명운동을 바라보면서 수목樹木이 지닌 청정함 같은 것을 느낀다. 우리의 수행도 마음을 가꾸는 일이요, 정신의 맑음과 신성을 가꾸는 일일 것이다.

언덕과 물줄기를 함께 구르며
비슷해진 돌들처럼

내 곁에 너는 살고 있다, 나같이.
움푹 꺼진 어둠의 뺨 속
돌 하나로.

오, 이 돌 언덕, 사랑아,
우리가 쉼 없이 구르는 곳,
돌인 우리가,
얕은 물줄기에서 물줄기로,
한 번 구를 때마다 더 둥글게.

더 비슷하게. 더 낯설게.

이 시는 파울 첼란의 시 〈돌 언덕〉의 일부분이다. 1920년, 루마니아에서 유대인 부모의 아들로 태어난 파울 첼란은 제2차 세계대전이 일어났을 때 자신의 고향이 유대인 거주 지역으로 확정된다는 소식을 접한다. 독일군이 점령한 후에 유대인들은 강제수용소로 끌려갔고, 파울 첼란 또한 끌려가 강제 노역에 시달렸다.

이 시는 돌이 많은 언덕을 바라보면서 우리가 각각의 돌로서 쉼 없이 구르며 더 둥글게, 더 비슷하게 된다는 생각을 드러낸다. 우리는 서로의 곁에서 사랑으로 구르며 살아가는 존재라는 생각이 깔려 있다.

이야기 없이 지내는 건 북극의 툰드라나 얼음뿐인 바다처럼 사방으로 펼쳐진 세상에서 길을 잃어버리는 것과 같다. 누군가를 사랑하는 것은 그의 입장이 되어보는 것이라고 흔히들 말한다. 이는 당신이 그의 이야기 속으로 들어가는 것 혹은 그의 이야기를 스스로에게 어떻게 말하면 좋을지 가늠해보는 것이다.[12]

이 글은 인권운동가 리베카 솔닛이 쓴 것이다. 너와 나, 우리를 이어주는 것이 이야기라고 말한다. 한 개인은 이야기 그 자체이고, 우리는 개인이 지닌 고유한 이야기를 통해 서로 이어지고 연대한다고 바라본다.

인용한 한 편의 시와 한 편의 산문은 여러 가지를 생각하게 한다. 미국에서 경찰의 과잉 진압으로 조지 플로이드가 사망한 사건이 일어난 이후 세계적으로 인종차별 반대 시위가 확산되고 있다는 소식을 접하면서 특히 그러하다. '흑인 생명도 소중하다'는 현수막이 세계 곳곳에 내걸리면서 더욱 그러하다. 우리가 돌 언덕에 함께 있는 돌이라고 생각한다면, 우리가 하나의 이야기 그 자체라고 생각한다면 사람들의 마음속에서 누군가를 격리시키고, 비하하려는 의욕이 꺾이지 않을까 한번쯤 생각해보는 것이다.

노벨문학상을 받은 미국의 싱어송라이터 밥 딜런은 인권운동가였던 메드가 에버스의 죽음을 애도하면서 다음과 같은 가사를 썼다. 메드가 에버스는 전미유색인지위향상협의회에서 활동했는데 한 백인에 의해 암살되었다.

그는 학교에서 배웠다

처음부터 규정대로
법은 그와 함께한다고
그의 흰 살결을 보호하기 위해
그렇게 빚어진 자신의 모습에 대해 그는
한번도 의문을 품어본 적 없다
하지만 그를 비난할 순 없다
그는 단지 장기판의 졸에 불과하기에

메드가 에버스를 살해한 사람을 향해 "당신은 당신이 한 행위에 의해 스스로 장기판의 졸에 불과한 존재가 되어 버렸어!"라고 퍼붓는 듯한 내용이다.

언젠가 노벨문학상을 수상한 시인인 모리스 마테를링크가 쓴 산문을 읽은 적이 있다. 그는 산문을 통해 우리가 존재의 오솔길을 갈 것을 권고하며, 존재의 오솔길을 걷다 보면 겸허하고 소박한 진리의 아름다움과 깊이에 눈을 뜨게 된다고 썼다. 그리고 보편적 차원의 겸허함을 우리가 지녀야 한다고 강조했다.

인간이 기대하고 희망할 수 있는 것을 과장 없이 정확하게 일러주는 겸허함, 인간을 축소함으로써 인간이 볼 수 있는 영역을 더욱 확장해주는 겸허함, 한 인간의 현재 상태가 아니라 앞으로 그가 깨칠 수 있고 이해하려고 노력할 수 있는 경지를 통해 인간의 가치를 보여주는 겸허함.

한 사람이 지녀야 할 겸허함은 허황한 행복의 기대를 걷어낸 것이고, 진정한 겸손은 타인의 시선을 의식하지 않고 자기 마음 안에서 스스로 작아지는 것이며, 맹목적인 단념이 아니라 내일의 시간이 있음을 알아서 인간으로서의 지향을 보여주는 것이라고 보았다. 다시 읽어도 우아하고 멋진 글이라는 생각이 든다. 이처럼 우리가 스스로를 단속하고 서로 신뢰한다면 다른 사람에 대한 업신여김이나 가해는 사라질 것이다. 차별을 않는 것은 아집과 대립하는 마음을 버리는 것이다. 원만하고 평화로운 마음을 회복하는 것이다. 모든 존재를 대등하게 바라보고, 우리가 하나라는 생각을 하는 것이다.

불교에서는 동일한 자성을 가르친다. 청정한 깨달음의 마음을 누구나 공히 갖추고 있다고 말한다. 이러한 생각이라면 다른 사람을 괄시하는 일을 그칠 수 있을 것이다. 누군가를 차별하고 해치는 일은 나를 차별하고 해치는 일이 되기 때문이다. 언덕과 물줄기를 함께 구르며 닮아가는 돌들의 관계가 우리의 관계이다.

제주 발담

시인들이 자주 시로 노래하는 대상 가운데 하나로 '돌'이 있다. 생명이 없고 딱딱하고 모양이 제각각인 돌에 시인들은 온기와 감정을 불어넣는다. 1998년에 작고한 박두진 시인은 특히 수석에 관심이 많았고, 돌에 관한 많은 시편을 남겨 '돌의 시인'으로 불리기도 했다. 박두진 시인은 시 〈돌의 노래〉[13]에서 이렇게 썼다.

오, 돌.
어느 때나 푸른 새로

날아 오르라.
먼 위로 아득히 짙은 푸르름
온 몸에 속속들이
하늘이 와 스미면,
어느 때나 다시 뿜는 입김을 받아
푸른 새로 파닥거려
날아 오르라.

무정물인 돌이 미래의 시간과 희원希願을 갖게 하고, 우주 생명 에너지의 응축물로 거듭나게 했다. 조지훈 시인은 〈바위송〉[14]을 통해 이렇게 찬탄했다.

사람들아
옷깃을 여미고
배우자
바위
영원한
부동不動의 자세
항상 청순淸純한

그 호흡을

전봉건 시인은 10년 동안 남한강 물줄기를 누비면서 돌을 찾아 다녔고, 그 경험을 연작 시집 《돌》로 엮어냈다. 그는 돌과의 만남에 대해 "한여름의 돌밭은 한증막, 한겨울의 돌밭은 얼음 구덩이. 그리고 돌은 결코 그냥 주워들 수가 있는 것이 아니었다. 신들린 듯한, 그리고 중노동과도 같은 찾아 헤맴 끝에 이뤄지는 만남"이라고 회고했다.

제주에서 아주 흔하게 보게 되는 것으로 단연 돌을 들 수 있다. 이곳에 살면 돌을 보고, 돌을 내려놓고, 돌을 세우고, 돌을 쌓는 일이 보통의 일이 된다. 물론 제주의 돌은 한라산, 오름, 해녀, 감귤 등과 함께 제주의 상징물이기도 하다. 이 돌들을 쌓아 올린 돌담을 보노라면 시간의 쌓임이 느껴진다.

가공하지 않은 자연적인 돌들을 생긴 그대로 올려놓고 위아래로 맞춰가며 쌓은 것을 보노라면, 보통의 솜씨가 아니라는 생각이 든다. 돌들을 쌓아 올린 돌담의 종류만 하더라도 바닷가 연안에 고기를 가둬서 잡기 위한 원담 혹은 갯담, 소와 말을 키우는 목장에서 울타리로 쌓은 잣성, 집 둘레에 쌓은 집담, 밭가에 쌓은 밭담 등 여럿이다.

특히 검은 현무암으로 쌓은 제주 밭담의 총 길이는 지구 반 바퀴를 돌 정도로 규모가 어마어마하고, 또 밭담이 구불텅하게 이어지는 모습이 흑룡을 닮았다고 해서 제주 밭담을 '흑룡만리黑龍萬里'라고 부르기도 한다.

나도 최근에 밭에 나가 밭담을 쌓는 일을 여러 차례 했다. 종일 돌을 만졌다. 다듬지 않고서 아랫돌 위에 윗돌을 올리는 까닭에 돌과 돌 사이에는 구멍이 생겨난다. 돌과 돌 사이의 구멍이 너무 크면 잔돌로 채우기도 하지만, 웬만한 구멍은 그냥 둔다. 이 구멍으로 바람이 통하게 된다. 돌담을 지나는 동안 바람의 세기는 조금 약해지고, 또 구멍이 있어서 돌담이 무너지지 않게 된다. 매우 거세고, 매우 잦은 바람에도 제주의 돌담이 오랫동안 무너지지 않는 이유가 여기에 있다. 그러고 보면 속을 밀밀密密하게 꽉 다 채운다고 해서 어떤 구조물이 강하게 되는 것만은 아니다. 딱딱하면 부러지기 쉬운 까닭일 테다.

돌담을 쌓을 적에 쓸모없는 돌은 하나도 없다. 각진 돌은 각진 돌대로, 둥글거나 자잘한 돌은 또 그 나름대로 쓰임새가 있다. 돌을 쌓는 사람이 각각의 돌에 적절한 용도를 마련

해주기 때문이다. 납작하고 반듯한 돌도 필요하지만, 둥글둥글한 돌은 가운데에 들어가 속채움돌의 역할을 하고, 또 기다란 돌은 아랫돌을 지그시 눌러주는 묶음돌의 일을 해 돌담의 안정을 돕는다. 세움돌이 있고, 모서리돌이 있고, 틈막이돌이 있고, 속채움돌이 있고, 묶음돌이 있고, 또 제일 위에 올려놓는 덮개돌이 있는 것이다. 그러므로 모든 돌은 나름의 쓰임을 갖고, 그 쓰임을 기다리고 있는 셈이다.

돌담을 가만히 보거나 돌담을 쌓다 보면 보석寶石이 따로 있거나 한낱 돌멩이가 따로 있는 것이 아니라는 생각이 든다. 하나하나의 돌마다 오랜 시간이 숨 쉬고 있고, 갖은 풍상이 들어 있고, 고독과 견딤이 함께 있다. 그러므로 돌은 우리 인간의 초상이기도 할 터이다. 개개의 인격들이 모여 더 큰 범위의 모임과 관계를 만들어가듯이 개개의 돌들도 모여 원담을 이루고, 잣성을 완성하고, 집담과 밭담이 되는 것이다.

제주 밭담으로 초여름의 바람은 불어와 흰 메밀꽃밭으로 간다. 마늘 수확이 끝난 밭으로도 불어간다. 불과 얼마 전만 해도 밭담에 난 구멍을 지나온 바람은 한층 부드러워져 마늘을 뽑는 사람들의 땀을 식혀줬을 것이다. 장마가 오고 장대비가 지나가면 밭담을 손보느라 또 당분간은 돌을 세우고 쌓게 될 것 같다.

바다와 올레길

윤동주 시인이 멋진 동시 작품들을 남겼다는 것은 잘 알려져 있지 않은 듯하다. 나는 윤동주 시인의 동시 〈반딧불〉을 좋아한다.

가자 가자 가자
숲으로 가자
달조각을 주우러
숲으로 가자.

그믐밤 반딧불은
부서진 달조각

짧은 시이다. 아이의 동심이 한껏 묻어 있다. 캄캄한 밤에 반딧불이의 꽁무니에서 나오는 빛을 "부서진 달조각"이라고 노래한 대목에선 그 감각에 놀라지 않을 수 없다.

윤동주 시인의 동시에 바다가 등장하는 것도 특별한 주목이 필요해 보인다. 윤동주 시인은 시 〈바다〉에서 이렇게 노래했다.

해변에 아이들이 모인다
찰찰 손을 씻고 구보로.

바다는 자꾸 섧어진다.
갈매기의 노래에……

돌아다보고 돌아다보고
돌아가는 오늘의 바다여!

우리나라 근현대 시단에서 바다를 배경으로 한 작품들의 창작은 그리 흔하지 않았다. 정지용 시인에 이르러서야 바다를 본격적으로 다루기 시작했다는 지적이 있을 정도이다. 정지용 시인은 1927년, 〈바다〉라는 제목으로 발표한 시에서 이렇게 썼다.

오늘 아침 바다는
포도빛으로 부풀어졌다.

철석, 처얼석, 철석, 처얼석, 철석,
제비 날아들 듯 물결 새이새이로 춤을 추어.

이후 다음과 같이 시작하는 명편을 발표하기도 했다.

바다는 뿔뿔이
달아나려고 했다.

푸른 도마뱀떼같이
재재발랐다

푸른 물결이 빠르게 밀려오고 밀려가는 것을 도마뱀 떼의 긴박한 움직임에 빗대 생생하게 표현했다. 내륙인 충북 옥천에서 출생한 정지용 시인이 바다를 노래하게 된 배경으로 그의 현해탄 경험을 꼽기도 한다. 정지용의 시 이후에 바다를 노래한 시가 많아졌고, 그 영향이 윤동주에게도 이어졌을 것으로 짐작된다. 바다 얘기를 이처럼 길게 하는 이유는 얼마 전 제주 올레길을 걸었던 기억이 예전에 읽었던 이러한 시편들과 마음속에서 서로 어울렸기 때문이다.

제주올레걷기축제 막바지 날에 올레길을 걸었다. 제주올레걷기축제는 2020년으로 11회를 맞았는데, 코로나 때문에 참가자 수를 줄이고 참가자들을 나눠 23개의 코스에서 흩어져 걷도록 했다. 제주 올레길을 다 걸으려면 꼬박 23일이 걸리는 일정이었다. 발열 체크도 하고, 마스크를 쓴 채 거리를 두고서 걸었다.

내가 걸었던 올레길은 5코스였다. 서귀포시 남원읍 남원포구에서 쇠소깍다리에 이르는 길이다. 걷는 내내 파도 소리가 따라붙었다. 해풍에 오징어를 널어 말리는 것을 보며 걸었다. 바닷물에 씻기는 몽돌의 해변과 노랗게 익은 감귤이 따닥따닥 매달린 감귤밭을 끼고 걸었다. 남원읍 위미리에 있는 동백나무 군락지에 이르렀을 때에는 우람한, 수령이 아주 많은 동백나무를 만날 수 있었다.

이 동백나무 군락지는 열일곱 살에 시집온 현맹춘 할머니가 가꾼 것이라고 했다. 해초를 캐고 품팔이를 해 어렵게 마련한 황무지 같은 밭에 억센 바람이 불어오는 것을 막기 위해, 한라산의 동백 씨앗 한 섬을 따다 심었다고 했다. 현맹춘 할머니는 1858년에 출생하셨으니 동백나무들의 수령은 140년이 족히 넘었다. 동백꽃이 한창 필 무렵에 한차례 다시 찾고 싶은 마음이 절로 들었다. 또한 제주 올레길에는 이처럼 아름다운, 총 425킬로미터에 이르는 26개의 코스가 있다니 그 길들을 틈틈이 걷고 싶어졌다.

바닷길을 느리게 걷다 보니 그냥 지나치던 풍경이 자세하게 눈에 들어왔다. 불안하고 답답하던 마음도 참으로 오랜만에 평온을 되찾았다. 일본의 시인 하기와라 사쿠타로는 '외로운 인격'이라는 표현을 썼는데, 그야말로 외로운 인격에 친구가 생겨난 느낌이었다. 느리게 걷는 일은 나와 자연의 생명들을 생생하게 느끼는 일이요, 신선한 생기를 호흡하는 일이었다. 그리고 이로 인해 무엇보다 자애慈愛가 생겨났다.

고맙다, 나의 친구,

조용한 숨결,

졸리운 두 팔의 부드러움,

잠든 입술의 옹알이,

(중략)

내가 깨어난 시선으로

너의 윤곽을 바라보자

너, 나의 천사 바로

네가 내 옆에 있다는 것!

이 시는 러시아 시인 소피야 야코블레브나 파르노크의 시 〈헌시〉다. 올레길을 걸으면서 잠깐 만난 자연과, 나라는 외로운 인격에 생겨난 마음속 친구에게 이 시를 들려주고 싶다. 빠르게 지나치면 발견하지 못했을 것을 우리는 멈추거나 느리게 걷는 순간에 만나게 된다. 바쁜 생활의 책갈피 속에 꽂혀 있는 기쁨과 고요함과 너그러움을 수시로 발견하면서 살 것, 이것이 바다와 푸른 올레길을 걸을 때 알게 된 마음속 친구가 들려준 조언이었다.

장마와 폭염

요즘은 장맛비와 폭염 사이를 오가며 살고 있다. 나는 졸시 〈칠팔월〉을 통해 이 시기 삶의 형편을 이렇게 적었다.

여름은 흐르는 물가가 좋아 그곳서 살아라

우는 천둥을, 줄렁줄렁 하는 천둥을 그득그득 지고 가는 구름

누운 수풀더미 위를 축축한 배를 밀며 가는 물뱀

몸에 물을 가득 담고 있는, 불은 계곡물

새는 안개 자욱한 보슬비 속을 날아 물버들 가지 위엘 앉는다

물안개 더미같이, 물렁물렁한 어떤 것이 지나가느니

상중喪中에 있는 내게도 오늘 지나가느니

여름은 목 뒤에 크고 묵직한 물주머니를 차고 살아라

옛 시간으로 거슬러 올라가면, 칠팔월의 아침저녁 시골집 풍경 가운데 풀을 잔뜩 베어 지게에 지고 오시던 아버지 생각이 난다. 장맛비를 맞으며 논둑과 밭둑에서 거세게 자라난 풀들을 아침과 저녁에 낫으로 베어 한 짐 가득 지고 오시던 모습이 떠오른다. 그리고 골짜기에서 콸콸 내려오며 모인 물줄기들이 시골 동네 앞을 요란하게 굽이쳐 가던 모습이 지금도 생생하다. 동네 어르신들은 "큰물 나가신다"고 이르시곤 했다.

시인 김수영은 장마가 져서 강물이 내려가는 모습을 "사자 떼들이 고개를 저으면서 달려 내려가는 것 같다"라고 언급하며 "높아진 수위는 사자의 등때기처럼 넘실거린다"고 함께 일렀다. 어쨌든 물이 나가는 것을 '큰물'이라고 불러 영험한 것으로 대하든, 혹은 성난 사자에 빗대든 이런 각각의 비유들에는 자연에 대한 인간의 경외심이 묻어 있다.

추사 김정희의 시편들을 최근에 다시 찾아 읽었다. 여름날의 시상을 읊은 것이 더러 보였다. 〈성동피서城東避暑〉라는 제목의 시에서는 이렇게 읊었다.

한 지팡이 한만한 지경을 거느리며
버들 물결 솔 파도에 더위를 흩날리네

느긋하게 걸을 적에 버들의 물결과 소나무의 파도가 더위를 흩어지게 한다는 뜻인 듯했지만, 그 속뜻을 확신할 수 없어 내심 좀 더 궁리해보았다. 버들의 푸른 가지가 이리저리 일렁이듯이 흔들리는 것을 물결에 견주었고, 소나무를 지나온 바람의 쾌적함을 파도의 일어남과 그 시원하게 부서지는 소리에 견준 것이 아닌가 싶었다. 하지만 시구에 대한 이해가 미진한 듯해서 선가禪家의 화두처럼 이 문장을 좀 더 지니고 그 속뜻을 짚어보려 하고 있다. 추사 김정희의 또 다른 여름 시편에는 이런 시구가 있었다.

더위를 피하는 법 이제 알았네
고요가 극에 가면 마음이 비어
푸른 술은 석 잔을 기울였는데
개인 뫼는 육여六如와 흡사하구나

육여는 불교에서 말하는 육유六喩를 일컫는다. 존재의 무상함이 곧 꿈, 허깨비, 물거품, 그림자, 이슬, 번갯불과 같다는 것이다. 그러므로 추사는 비 그친 여름 산의 변화무쌍함을 이 여섯 성질과 다름없다고 본 것일 테다. 여름 산의 계곡과 봉우리에서 일기가 수시로 변화하는 것을 가만히 바라보되 그 관찰을 통해 인생의 무상함을 함께 느낀 것이라고 해석할 수 있겠다.

그런데 이 시구에서 더위를 피하는 방법이 고요를 얻고 마음의 텅 빔을 얻는 것에 있다고 쓴 대목은 특별하게 느껴졌다. 마음에 번뇌가 적고 몸에 괴로움이 사라진 상태를 적정寂靜이라 하는데, 이 적정에 이르면 더운 줄을 모르게 된다는 뜻일 테니 마음을 항복받는 일이 그만큼 중요하다는 뜻일 테다.

제주의 여름 나기 풍경 가운데 다소 생소하고 유별한 것이 없지 않다. 우선 용천수를 들 수 있다. 이른바 '산물'이라는 것인데, 땅속 물이 바닷가 주변에서 솟는 것이다. 얼음처럼 차서 더위를 내보내기에는 이만한 것이 없을 정도이다.

제주 출신의 강정효 사진작가는 여름날 제주의 음식으로는 개역을, 여름날 쉼터로는 폭낭을 대표적으로 든다. 개역은 미숫가루를 말하는데, 밥에 비벼 먹거나 찬물에 타서 먹는다. 폭낭은 팽나무를 뜻한다. 폭낭 아래 댓돌에 앉아 땀을 식히는 사람들을 실제로 자주 볼 수 있다. 강정효 작가는 여름날의 제주 풍경으로 밤바다를 밝히는 낚싯배의 불빛, 농가의 빨랫줄에 널어놓은 갈옷을 꼽기도 한다. 요즘은 한치를 잡기 위해 출항한 배들이 밝히는 불빛이 밤바다의 장관을 이룬다. 갈옷은 떫은 풋감 즙으로 물들인 옷을 말하는데, 일할 때 입거나 평상복으로 입는다.

장마가 물러가지 않아서 또 언제 얼마나 많은 빗줄기를 맞게 될지 알 수 없고, 또 폭염이 얼마나 기승을 부릴지 알 수 없다. 많은 물, 그리고 불과 같은 빛 속에서 우리는 살고 있으니 이 여름을 잘 지낼 방법을 스스로 찾아봤으면 한다.

인심

낮에는 연일 푹푹 찌는 폭염이 이어지지만 깊은 밤이나 이른 새벽에는 제법 서늘한 느낌이 없지 않다. 입추와 말복이 지났으니 이 더위도 한풀 꺾일 것이다. 가끔씩 느닷없는 소낙비가 내려 더위를 잠시 식혀준다. 그러면 내 몸도 마음도 마치 찬물로 등목을 한 듯 시원해진다.

하늘이 잠시 캄캄해지면 후드득후드득 소리를 내며 소나기는 동백나무에, 먹구슬나무에, 귤나무에, 팽나무에, 풀잎에, 내 집 흙 마당에 쏟아지기 시작한다. 그러면 널어둔 빨래를 서둘러 거두어들이고 벗어놓은 신발을 가지런하게 해 툇마루 아래나 처마 안쪽으로 당겨서 놓아둔다.

그제 아침에도 소나기가 내렸다. 나는 비옷을 입고 밭으로 나갔다. 옆 밭에는 구순의 할머니가 나보다 먼저 나와 호박잎과 콩잎을 따고 계셨다. 인사를 건네자 할머니는 따서 손에 쥔 호박잎과 콩잎을 나눠 내게 건네셨다. 말하자면 나는 시골 생활을 다시 시작했다. 내 고향인 경북 김천 산골에서 살았던 생활을 여기서 다시 하게 된 셈이다. 검게 탄 얼굴에 마른 몸의 외관이니 밭일하는 사람이라고 해도 의심하지 않는다.

아침저녁으로는 풀벌레 소리가 집 둘레에 가득하다. 특히 방울벌레 소리는 잘 작곡된 하나의 음악처럼 들린다. 그 소리는 여름의 싱그러운 보자기를 보다 더 넓게 펼쳐놓는 것만 같다. 나는 방울벌레 우는 소리를 들으며 지내다 졸시 〈방울벌레가 우는 저녁에〉를 지었다.

풀꽃과 바람과 여름의 둥근 잎에 오롱조롱 매달린 빗방울과 갠 하늘
미농지 같은 저녁에
방울벌레 우는 소리

(아, 그게 다 뭐라고!)
세상에서 가장 어수룩해 보이는 그 사람은
방울벌레 울음을 공중에서 몰래 떠
천으로 짜 지은 주머니에 넣어서 가네

"세상에서 가장 어수룩해 보이는 그 사람"은 다름 아닌 바로 나 자신일 것이다. 소나기 그친 후에 다시 우는 방울벌레의 청아한 울음소리를 듣는 기쁨이 적지 않다. 비록 여름날의 풀들을 다 감당할 수는 없지만, 시골의 후한 인심만은 받으며 살고 있다.

구순의 할머니는 얼마 전 밭에서 일하고 있는 내게 수박 한 조각을 갖다주시겠다며 집으로 들어가시더니, 평소에 밀고 다니시던 유모차에 수박 세 덩어리를 실어 오셔서 내게 주셨다. 뒷집에 사는 형님은 귤나무에 치다 남은 농약을 내 귤나무에도 뿌려주셨다. 가끔은 이웃들과 탁주를 한 잔씩 나눠 마시기도 한다. 제때 심어야 할 작물을 알려주는 것은 물론이고 그것을 어떻게 가꿔야 하는지, 땅의 힘을 길러주기 위해서는 무엇을 해야 하는지 등 시골살이가 서툰 내게 틈이 날 때마다 가르쳐준다. 심지어 꿩이 밭에 낳아놓은 작고 뽀얀 꿩알을 내 손에 쥐어주신 분도 계셨다.

이 후한 인심을 받으면서 내 어릴 적 큰어머니 생각이 났다. 큰어머니는 이따금씩 우리 집에 들르셔서 밥 짓는 솥뚜껑을 열어 그 가운데에 먹을 것을 놓아두고 가시곤 했다. 어머니께서 저물녘에 집에 돌아와 늦은 저녁을 지으려고 솥뚜껑을 열면, 큰어머니가 갖다 놓고 가신 것들을 보고선 뭉클해져서 한동안 바라보시기만 했다.

시골 생활에 불편함이 없는 것은 아니다. 뭘 사러 가려면 한참 나가야 하고, 버스 다니는 게 뜸하기 때문에 시간을 잘 맞춰 나가야 한다. 밤이 시작되면 마을 사람들의 활동이 뚝 끊어지고, 날이 밝아오면 마을 사람들의 활동이 곧바로 바빠진다. 게으름을 즐길 시간이 많지 않다. 이웃해 사는 서로의 안부를 묻고, 선의의 말을 하려고 애쓴다.

오규원 시인이 쓴 〈사람과 집〉[15]이라는 시가 있다. 이 시는 마을 내 각각의 집들을 호명한다.

> 김종택의 집을 지나 이순식의 집과 정진수의 집을 지나 박일의 집 담을 지나 이말청의 집 담장과 심호대의 집 담장을 지나 박무남의 집 담벽과 송수걸의 집 담벽과 이

한의 집 담벽을 지나 강수철의 집 벽과 천길순의 집 벽을
지나 (후략)

시인은 사람들이 서로 어울려 산다는 것을 표현한 것일 테다.

이처럼 나도 시골에서 어울려 살고 있다. 도시에서 생활하다 다시 시골로 오니 사람들이 훨씬 가까워졌다. 집집의 살림 사는 소리가 돌담을 넘어온다. 아울러 인심도 넘어온다. 물론 나도 인심 살 일을 절로 생각하게 된다. 구순의 할머니는 내일 아침에도 나보다 일찍 일어나셔서 무화과나무 아래서 풀을 뽑거나 호박잎과 콩잎을 따거나 흰 꽃이 지고 있는 깨밭에 나와 계실 것이다. 그러면 또 새로운 하루가 시작될 것이다.

우리는 서로의 환경

코로나의 확산으로 인해 사람들이 큰 고통에 빠지면서 면역에 대한 관심도 높아지고 있다. 개인의 면역뿐만 아니라 집단면역에 대한 논의도 활발하다. 집단면역은 보다 확장된 면역의 개념이다. 하나의 집단 내부에서 면역을 지닌 개체가 늘어나면 면역력이 약한 개체가 감염될 확률 또한 떨어지게 된다는 것이다. 그래서 감염의 확산 속도를 늦추거나 멈추게 하게 위해서는 집단면역, 즉 공동체 면역이 매우 중요하다고 본다.

면역에 관한 서적들을 찾아 읽는 기회가 있었는데, 율

라 비스가 쓴 《면역에 관하여》도 심층적으로 면역의 문제를 다루고 있는 서적이었다. 우리의 몸을 어떻게 인식할 것인지, 신종 질병의 등장과 백신 접종의 문제를 어떻게 바라보아야 할지 등에 대해 생각하게 했다. 그런데 이 책에서 가장 유의미한 대목은 나와 다른 사람과의 관계를 '서로의 환경'이라고 바라보는 시각이었다. 가령 다음과 같은 문장들은 각별했다.

> 정원의 은유를 우리의 사회적 몸으로까지 확장하면, 우리는 자신을 정원 속의 정원으로 상상할 수 있다. 이때 바깥쪽 정원은 에덴이 아니고, 안락한 장미 정원도 아니다. 그 정원은 몸이라는 안쪽 정원, 그러니까 우리가 〈좋고〉〈나쁜〉 균류와 바이러스와 세균을 모두 품고 있는 곳 못지않게 이상하고 다양한 곳이다. 그 정원은 경계가 없고, 잘 손질되지도 않았으며, 열매와 가시를 모두 맺는다. 어쩌면 우리는 그것을 야생이라고 불러야 할지도 모른다. 혹은 공동체라는 말로 충분할지도 모른다. 우리가 사회적 몸을 무엇으로 여기기로 선택하든, 우리는 늘 서로의 환경이다. 면역은 공유된 공간이다. 우리가 함께 가꾸

는 정원이다.[16]

우리는 단독적인 개인이지만 사회적인 관계 속에 있는 개인이기도 하다. 우리는 서로 주고받는 관계에 있다. 영향 관계에 있다. 그래서 나의 행복은 다른 사람의 행복과 연결되어 있고, 다른 사람의 고달픔은 나의 고통과 연결되어 있다. 하나가 그릇되게 되면 다른 것들도 그릇되게 된다. 연기적 관계에 있기 때문이다. 그래서 남을 비방하는 것은 나를 비방하는 것이요, 남을 믿지 못하는 것은 나를 신뢰하지 않는 것이 된다. 우리가 종교적인 차원의 자아가 될 때 나의 행복과 동시에 다른 사람의 행복을 빌게 되는데, 이러한 기도에는 우리가 하나의 유기적 생명 공동체에 살고 있고, 또 선의로써 서로를 돕는 조력자라는 인식이 강하게 깔려 있다.

노벨문학상 수상 작가인 알베르 카뮈의 소설 《페스트》도 서점가에서 새롭게 조명을 받고 있다고 한다. 알베르 카뮈는 이 소설을 1947년에 발표했다. 도시 오랑을 휩쓴 전염병 공포에 직면한 다양한 인간 군상을 보여준다. 동시에 죽음과 사투를 벌이는, 그러면서 함께 사는 세상을 위해 연대하는 사람들의 모습을 보여준다. 그럼으로써 이 소설은 인간이라는 실존적 조건, 나와 타자와의 관계를 다시 생각해 보게 한다. 작가는 소설의 마지막 문장을 "페스트균은 결코 죽거나 소멸하지 않으며, 그 균은 수십 년 동안 가구나 옷가지들 속에서 잠자고 있을 수 있다"고 썼다. 즉 언제든지 페스트균은 다시 공동체 내부에 창궐할 수 있다는 것이다.

이 문장에서 페스트균은 집단 감염을 일으키는 균 그 자체만을 상징하지는 않는다. 페스트균의 함의에는 우리를 공포와 불행의 수렁에 몰아넣는 여러 가지 것들, 즉 전쟁과 폭력과 부조리 등을 모두 포함한다. 어쨌든 우리는 이 소설을 통해서도 한 개인이 사회적인 몸이라는 것, 그리고 언제든지 고통에 빠질 수 있는 이 공동체가 우리가 직접 가꾸어야 할 하나의 정원이라는 것을 확인하게 된다.

병고를 이겨내기 위해 불교에서는 《약사여래경》을 독송한다. 《약사여래경》의 발원문은 온 생명의 행복과 평화를 위한 기도문이다. 이 경에서는 인간이 숨을 쉬면서 현재를 사는 일이 햇빛, 공기, 물, 흙, 그리고 함께하는 모든 생명의 청정함에서 비롯되었다고 말한다. 그래서 지구촌의 생명들을 위협하는 질병은 이 생명 세계의 청정함이 훼손되었기 때문이라고 바라본다. 그리고 그 청정함의 훼손은 과도한 탐욕이 원인이라고 말한다.

모든 존재가 더불어 사는 공동체임을 자각하고 인종이나 종교, 국경, 신분 등을 초월해서 질병으로부터 생명들을 지켜내는 일에 함께 힘을 모아야 한다고 강조한다. 특히 이 경에서는 아픈 사람들을 돌보는 의료인들의 건강과 행복을 함께 발원하기도 한다. 《약사여래경》뿐만 아니라 불교의 《보배경》에도 질병으로부터 빨리 벗어나는 것을 염원하는 기도의 내용이 담겨 있다.

물론 불교뿐만 아니라 다른 종교에서도 모든 생명 존재의 안식을 위해 기도한다. 이러한 종교적 기도는 또한 우리 모두가 형제이며 자매라는 생각에 기초한 것이다. 사랑과 자비의 마음이 본래 누구에게나 있다는 것을 견고하게 믿는 데에서부터 생겨난 것이다. 우리는 홀로 존재하는 것이 아니라 함께 존재한다는 것을, 우리는 서로의 환경이라는 것을 잊지 않았으면 한다.

손 편지

때 이른 무더위가 연일 이어지고 있다. 짙어지는 나무 그늘로 저절로 들어가게 된다. 도심 곳곳에 설치된 분수가 물을 세차게 내뿜어 청량감을 안겨준다. 며칠 전 날이 덥다며 한 지인이 선물을 보내왔다. 부채였다. 요즘 부채를 들고 다니는 사람이 드물다지만, 막상 부채를 들고 다니며 흔드니 바람이 일어나 금방 땀을 식혀준다.

일상생활에서 부채만큼 그 활용이 떨어진 것 가운데 하나가 손 편지 아닐까 싶다. 굳이 손 편지가 아니더라도 연락할 수 있는 방법은 다양해졌다. 문자 메시지로 무엇보다 빠르게 소식을 전달할 수 있다. 삐뚤빼뚤 손 글씨를 쓰거나 우체국을 방문하지 않아도 되는 편함이 있다. 그러나 손 편지가 가져다주는 정감은 쉽게 무시하기 어렵다.

나는 가끔 지인들로부터 손 편지를 받는다. 대개는 새로 펴낸 시집을 보내면서 감사의 마음을 담은 회신으로 손 편지를 보내온다. 여행지에서 엽서를 보내오는 지인들도 있다. 나는 내게 보내온 지인들의 손 편지를 하나도 버리지 않고 보관하고 있다. 그리고 가끔 꺼내 다시 읽어보기도 한다. 그러면 그 손 편지는 어떤 샘물 같은 위안을 안겨준다. 다시 읽지 않고 용건만 확인한 후 대개는 삭제하게 되는 문자 메시지나 이메일과 비교했을 때, 이른바 유효기간이 훨씬 긴 셈이다.

기억에 남는 손 편지 가운데 하나는 군대 생활을 막 시작했을 무렵 어머니께서 보내온 편지였다. 고된 훈련을 마치고 돌아온 저녁에 어머니의 편지를 뜨거운 눈물과 함께 읽은 적이 있었다. 이 손 편지의 위력을 알기 때문에 나는 가끔 가족들에게 짧은 손 편지를 쓴다. 다소는 형식적인 문장들도 있지만 되도록이면 속내를 솔직하게, 그리고 소상하게 쓰려고 애쓴다.

그런데, 이러한 손 편지를 일반 독자들을 대상으로 써보는 기획에 동참할 수 있겠느냐는 제안이 최근에 있었다. 지방의 한 시립도서관으로부터 온 것이었다. '코로나 블루'라는 말이 나올 정도로 많은 분이 힘든 시기를 겪고 있는 만큼, 작가가 쓴 손 편지가 독자에게 큰 위로가 될 것이라고 했다. 독자가 작가에게 자신의 사연을 적어 편지를 보내면 작가가 손 글씨로 직접 답장을 보내드리는 식이었다. 기획 프로그램의 이름은 '당신을 위한 손 편지, 작가가 건네는 은밀한 위로'였다. 이해인 수녀님과 백세희 작가도 함께 참여한다고 했다. 나도 흔쾌히 참여하겠다는 의사를 밝혔다.

우리가 살면서 누군가에게 힘이 되는 그 어떤 일을, 고통을 덜어주는 그 어떤 일을 하는 것은 무척 소중하다. 불교의 경전《유마경》에서 "자기가 병들었을 때를 견주어 타인이 병으로 고통받을 때 환자를 애민히 여겨라"라고 한 까닭도 여기에 있을 것이다.

내가 손 편지를 통해서 할 수 있는 일은 조언의 차원이 아니라 나무 곁에 있는 허공이 되는 것, 바람에 길을 내주는 허공이 되는 것일 뿐이다. 그런데 사실 이 일을 잘하는 것은 무척 어려운 일이기도 하다. 가령 우리가 누군가와 얘기를 나눌 때, 우리는 그 사람의 말이 끝나기 전에 가로채고 참견하고 부정하곤 한다. 그 사람이 스스로 말하면서 스스로 자신을 거울에 비춰보게 하지 않는 것이다. '잘 듣는 귀'가 되는 일은 쉽지 않다.

사실 손 편지를 통해 다른 사람의 고통을 경감시켜줄 수 있다는 확신은 내게도 없다. 다만 고통받고 있는 사람에게 필요한 것은 누군가가 자신의 곁에 있다는 사실과 자신의 이야기를 경청하고 있다는 사실일 뿐인지도 모른다. 소설가 존 스타인벡이 "아무도 조언을 바라지 않는다. 사실(고통의 내용)을 확인하고 싶을 뿐이다"라고 말한 것처럼 말이다.

가을

푸른 하늘 아래에 선 가을의 절벽을 보는 순간 마치 이 세상을 본뜬 듯했다. 또 나의 내면을 들여다보는 듯했다. 시원始原과 영원, 현존, 나의 목숨, 살아가는 일의 명암 등에 대해 생각하게 했다. 나의 내면과 세계의 초상 같은 가을 절벽을 바라보는 동안에, 오늘의 부끄러움을 살펴보는 동안에, 수도의 삶과 세속의 삶을 생각하는 동안에 이 가을은 점점 깊어간다.

가을빛이 쌓여간다

계절도 하나의 공간이다. 계절을 사는 일은 새로운 가옥에 사는 것과 마찬가지여서 이 가을이라는 시간도 하나의 살림 공간일 테다. 이제 바람의 끝에는 서늘한 기운이 있다. 바짓단처럼 낮은 바닥으로부터, 땅으로부터 꽤 선선한 기운이 올라온다. 그리고 이 가을의 공간에 귀한 빛이 내린다.

시인 김남조 선생의 시 몇 편을 읽으면서 어제오늘을 보냈다. 해마다 가을을 맞았지만 올해도 변함없이 가을이 오니 그저 고마운 일이요, 복이라는 말씀을 담은 〈다시 가을〉이라는 시였다. 선생은 가을날의 빛이 얼마나 눈부시며, 한 사람으로서 이 눈부신 빛을 쬐는 일이 얼마나 분에 넘치는 일이냐고 겸허하게 이르셨다. 작고 사소한 일에서 기쁨을 찾는 시인의 선한 마음이 잘 느껴졌다.

아닌 게 아니라 요즘 가을빛이 유난히 맑고 밝다. 햇빛은 내린다. 돌담과 둥근 풀잎 위에, 빌딩과 빌딩 사이로 난 아스팔트 길 위에, 숲속 호젓한 오솔길에, 버스의 차창에 내린다. 우리의 일상이라는 그 얼굴에 내린다. 느슨하게 아래로 늘어진 빨랫줄 위에, 화단의 꽃 위에, 가을의 열매 위에 햇빛은 내린다. 이 무심한 햇빛이 무엇이라고 나는 “아, 이 햇살, 이 아까운 햇살!”이라고 중얼거린다. 은모래처럼, 물고기의 비늘처럼 반짝이는 햇살을 두 손바닥으로 받아 들면서 그렇게 중얼거린다. 세사世事가 난마처럼 얽혀 있지만 이러한 잠깐의 시간에서 평온을 찾지 않는다면 어디에서 숨을 돌릴 것인가. 마치 평원에 서 있는 것처럼 나는 가끔씩 풍성한 가을 햇빛 속에 서 있곤 한다.

“시가 하는 일은 우리의 의식에 바람구멍을 뚫어주는 것이라고 생각한다”는 일본의 시인 다니카와 슌타로는 우리나라에서 시집을 내며 독자들에게 “장소는 다 지구 위의 어느 한 점이고 사람은 다 인류 중의 한 사람”이라고 썼다. 그의 시편들 가운데에는 "우리는 풀의 손님 나무들의 손님 새들의 손님 물의 손님"이라는 멋진 표현이 있다. 우리 인간이 풀과 나무와 새와 물의 주인이 아니라 손님이라고 말한다. 이런 관점은 인간 문명이 자연을 흔하게 훼손하는 그 무례를 되돌아보게 한다. 그의 표현대로 우리의 생명은 "대지의 사랑방"에 잠시 묵고 가는 것일지도 모른다. 이런 까닭에 다니카와 슌타로는 〈살다〉[17]라는 시를 통해 우리 삶의 의미를 이렇게 해석했다.

산다는 것
지금 산다는 것
그것은 목이 마른다는 것
나뭇잎 사이로 새어드는 햇빛이 눈부시다는 것
문득 어떤 멜로디가 떠오르는 것
재채기를 하는 것
그대와 손을 맞잡는 것

산다는 것은 지금을 사는 일이다. 그것은 갈증이 있지만 때로 햇살처럼 눈부시며, 흥겨운 노래와도 같은 것이며, 서로의 공감을 늘려가는 것과 다름 아니라는 의미일 테다.

우리는 무용해 보이는 것들로부터 유용함을 발견한다. 돌멩이에서 보석을 캐내듯이 재화財貨가 아닌 것에서 돈보다 값진 것을 발견한다. 가령 이즈음에 짧게 맛보는 투명한 가을 햇살도 마찬가지다. 또한, 잠시 가만히 앉아 있는 일이나, 풀벌레 소리를 듣는 일이나, 저녁노을을 바라보는 일에서 우리는 행복을 맛보기도 하는 것이다.

백무산 시인이 펴낸 시집에 '풍경의 과잉'이라는 표현이 있다. 나는 그 말에 크게 공감했다. 시인은 우리가 갖고 있는 키의 시선이 사라지는 것, 그리하여 저 너머가 사라지는 것을 염려했다. 키의 시선을 잃고, 저 너머를 상상할 수 없는 이 시대를 시인은 풍경의 과잉이라고 말한 듯했다. 그리하여 시인은 "그림자가 스며들지 않는 풍경들, 흙냄새를 품지 않는 풍경들, 나무의 그늘과 풀을 밟지 않는 풍경들, 함께 걸어가는 사람이 없는 풍경들"[18]을 우려했다. 그렇다면 우리는 이 계절의 바깥 풍경을 가끔은 눈의 높이 그대로 바라볼 일이요, 거기에 유용함이 있음을 느껴도 볼 일이다. 가을빛이 쌓여간다.

달과 귀뚜라미

올해 여름, 제주에는 유난히 비가 잦았다. 어느 구름에 비가 들어 있는지 알 수는 없지만, 비가 비를 부르며 날마다 빗방울이 떨어졌고 또 느닷없이 소낙비가 내렸다. 나는 비 그친 후 잠깐씩 드러나는 햇빛이 반가웠다. 그리고 그 햇빛 탓에 다시 드러나는 것들을 보았다. 풍경을 바라보며 졸시 〈여름 소낙비 그치고〉를 짓기도 했다.

캄캄한 돌 속에서 푸른 이끼 돋아나시네
환해진 하늘 쪽에서 흰 나비 날아오시네

앞집 할머니는 무화과나무 아래 쪼그려 풀을 뽑으시고
젖은 풀들 속에서 풀벌레 우는 소리 젖지 않은 채 떨리며 나오시네

햇살은 사물마다 특유의 색을 입힌다. 돌에는 푸른 이끼를 얇은 옷처럼 입힌다. 팔랑팔랑하며 흰 나비는 공중을 다시 날아다닌다. 잠자리도 투명한 날개를 펼쳐 수평으로 비행한다. 앞집에 사는 구순의 할머니는 비가 그치자 다시 밭에 나오셨다. 무화과는 이제 제법 굵어져 익기 시작했다. 풀들이 자라는 곳에서 다시 풀벌레들이 울기 시작한다. 풀벌레들은 젖은 풀들 속에 있지만 그 울음소리는 젖지 않은 채 하나의 떨리는 선線처럼 흘러나온다.

여름 소낙비가 그치고 다시 찾아온 화평한 시간을 즐길 때면 잠시 근심을 내려놓게 된다. 무슨 일을 하든지 근심이 없으면 그것보다 더 큰 평온과 행복도 없을 것이다. 밭에서 돌을 캐는 일이나 풀을 뽑는 일은 매우 고된 일이지만 내가 이 일을 하지 않을 수 없고 또 즐기는 이유는, 이 일들을 하는 동안에는 잡념이 사라지기 때문이다. 바람이 불어와 나무의 잎들을 살랑살랑 흔드는 것을 보는 동안에 무슨 걱정

이 생겨날 수 있겠는가.

시골 마을에 살다 보니 밤하늘을 바라보는 일도 잦아졌다. 요즘은 밤바다 위 출항한 어선들이 집어등을 밝혀놓아 장관을 이룬다. 나는 밤마다 일부러 두어 차례 마당에 홀로 서곤 한다. 별이며 달을 보기 위해서다. 마당에는 하늘이 가득하다. 풀벌레 우는 소리도 악기의 현을 켜는 듯 애절하다.

이러할 때면 정지용 시인의 시 〈달〉이 절로 떠오른다. 한밤에 혼자 마당에 나서서 달을 바라보는 심사를 잘 표현한 시이다. 잠을 자는 방을 밝히기 위하여 방과 마루 사이에 낸 두 쪽의 미닫이에 달빛이 마치 밀물처럼 밀려온다. 시인은 이 빛의 내림에 감흥이 일어 마치 불려 나가듯이 마당에 선다. 마당에도 달빛이 내려서 마치 호수처럼 빛이 그득하다. 마당 한 켠의 돌도 그 이마가 달빛에 젖어 차분한 모양이다. 그야말로 달의 밝음과 달의 깨끗함과 달의 넉넉함을 잘 표현한 시라고 하겠다.

가을에는 달을 바라보는 심사가 더 즐겁다. 초승달이 나날이 커가며 원만하고 충만한 빛으로 차오르는 것을 보는 일이나, 마치 누군가 달의 빛을 조금씩 덜어내는 것처럼 보름달이 하현으로 가는 것을 지켜보는 일 모두 완상玩賞의 기쁨이 있다.

나는 특히 가을 달에서 기름기가 없는 것 같은 느낌을 받는데, 높이 떠서 깨끗하게 가을밤의 하늘을 운행하는 것을 보면 무욕에 대해서 생각하게 되는 것이다. 달이 밝을 때 귀뚜라미 소리가 더해지면 더욱 일품이다. 애를 끊는 듯하지만 가늘게 우는 소리가 서늘해진 가을밤의 공중을 지나갈 때에는 절로 숙연해지며 내 존재의 엄숙에 대해서도 생각하게 된다.

조선 시대 문인 정온의 시편들 가운데 〈문실솔〉이라는 시가 있다.

밤새 쉬지 않고 귀뚤귀뚤 우니
맑은 가을에 저절로 우는 소리가 듣기에 좋다
미물도 때에 따라 절로 감응하건만
나는 어리석어 때를 눈치 보며 우는구나

우주에 화응하는 존재로서의 귀뚜라미를 예찬한 시라고 해석할 수 있겠다. 반면에 계절에 감응하지 못하고 억지스럽게 세속의 때와 기회를 눈치 보며 살아가는 자신의 모습을 한탄하는 마음도 함께 담겨 있다고 하겠다.

정진규 시인도 일찍이 귀뚜라미 소리를 듣고서 〈가을〉이라는 시를 쓴 적이 있다. 시인은 풀벌레들이 울고 그치는 그 짧은 시간에 주목한다. 우는 때와 잠잠한 때를 살피면서 소리와 적요의 두 시간에 대해 곰곰이 생각한다. 그러면서 귀뚜라미가 한 번 울고, 또 한 번 더 울 때까지의 그 긴 침묵을 소중하게 여긴다. 시인은 울고 그치는 귀뚜라미로부터 소리와 침묵을 발견해냈는데, 이때의 소리는 빛이요 침묵은 어둠에 견줄 수 있을 것이다.

그런데 내가 기다리는 가을 달 또한 어둠에 기대어 빛을 낸다. 마치 귀뚜라미가 침묵에 기대 울음소리를 내듯이 말이다. 그러므로 가을 달을 보는 일은 그냥 단순하게 "달이 휘영청, 떴구나!"라고 말하는 것 이상의 의미가 있다. 드러나는 것의 배경이 되는 것, 뒤편이 되는 것에 대해 생각하게 한다. 어쨌든 가을 달은 밝음과 맑음과 깨끗함과 무욕, 그리고 어둠을 배경으로 한 빛, 침묵을 배경으로 한 소리 등의 의미를 갖는다. 그러므로 가을 달을 기다리는 이유는 단 한 가지가 아닌 것이다.

이제 더위도 한풀 꺾이고 선선한 바람이 불어온다. 그러면 가을 달은 더 환하게 가을밤을 건너갈 것이다.

풀짐을 진 아버지는 어디로 가신 것일까

며칠 전에 시골집에 다녀왔다. 아버지의 생신을 맞아 가족들이 한자리에 모였다. 나의 아버지는 1939년생이시다. 평생 농사일을 하셔서 몸은 단단하지만 늙으신 뒤 시력을 많이 잃어서 여기저기 다니시는 데에는 불편이 있다. 나도 어느덧 중년이 되고 둘째 아이가 성년이 되고 보니, 아버지가 지금 내 나이 즈음했을 때의 일이 더러 생각난다.

게다가 최근에 우연하게도 내 대학교 입학식 사진 속에 있는 아버지를 발견했는데, 그것은 다소 나를 놀라게 했다. 사진 속 아버지는 새 양복을 차려입고 갈색 구두를 신고 가

르마를 탔는데, 그 풍채가 무척 당당하고 꼿꼿하셨다. 마치 둘레가 큰 나무처럼, 바위처럼, 전방을 주시하면서. 등이 구부정하고 혈색이 좋지 않은 나와는 딴판이셨다. 그도 그럴 것이 아버지는 늘 지게를 지셨다. 나는 아버지가 풀짐을 지고 저녁 무렵에 집으로 돌아오시던 풍경을 아직도 비교적 생생하게 기억하고 있다.

아버지는 풀짐을 지고 오시네
암소는 풀짐 진 아버지보다 앞서 집으로 돌아오네
아버지는 암소에게 물을 먹이고
아버지는 암소에게 풀을 먹이네
암소의 워낭 소리가 잔잔하게 들려오네
초저녁의 물결 위로 흘러오네
아버지의 어둑어둑한 하늘 속으로 들어가네

이 시는 내가 쓴 졸시 〈아버지와 암소〉이다. 소를 앞세워 집으로 돌아오시면, 아버지는 소에게 물을 주고 베어 온 풀을 먹이셨다. 그러면 물을 마시고 풀을 먹는 소의 턱 밑으로 늘여 단 방울이 잘그랑거리면서 소리가 일어났는데, 그

소리가 참으로 평화스럽게 들려왔다. 이 세상에 그처럼 평온한 소리도 없을 것이라는 생각을 할 정도였다.

시골의 동네 사람들은 아버지에 대해서 말하길 "법이 없어도 살 양반"이라고 한다. 내가 봐도 아버지에겐 법이 필요하지 않겠다 싶다. 거짓말을 할 줄 모르고, 남을 속일 줄도 모르고, 돈을 빌릴 줄도 모르고, 신세를 끼치는 일을 하지 않으니 구태여 무슨 법이 필요하겠는가.

어미 소로부터 갓 태어나는 송아지를 받아내던 분이시니 생명을 해치는 일도 할 줄 모르신다. 집에서 기르던 병아리나 토끼가 죽은 날에 내가 울고 있으면 아버지는 나를 데리고 산기슭으로 가서 병아리와 토끼를 나무 아래에 묻어주셨다. 짐 자전거 뒤에 나를 태워 이십 리 떨어진 김천 시장에 가서 하얀 토끼를 사주신 분도 아버지였다. 말씀은 없으셨지만 내게 깊은 신뢰를 보여주셨다.

아버지를 생각하면 내가 아버지로서 하는 일에 대해 돌아보게 되는데, 나는 모자라는 게 너무 많다. 그러나 어쨌든 이제 아버지는 늙으셨고, 잠이 많아지셨다. 틈만 나면 모로 누워 눈을 붙이고 잠에 빠져드신다. 나에 대해 궁금한 게 많으실 텐데 그 궁금증도 잠시 밀쳐두고서.

아버지는 잠이 많아지네
시든 풀 같은 잠을 덮네
아버지는 일만 가지의 일을 했지
그래서 많고 많아라, 아버지를 잠들게 하는 것은
누운 아버지는 늙은 오이 같네
아버지는 연고를 바르고 또 잠이 들었네
늙은 아버지는 목침 하나를 덩그러니 놓아두고
잠 속으로 아주 갈지도 몰라
아버지는 세상을 위해 일만 가지의 일을 했지
그럼, 그렇고말고!
아버지는 느티나무 그늘이 늙을 때까지 잠잘 만하지

아버지를 바라보면서 내가 쓴 졸시 〈아버지의 잠〉이다. 자꾸 잠이 많아지는 아버지를 바라보면 안타까운 마음이 든다. 겨울날의 새벽이면 잠자는 가족들을 위해 아궁이에 장작을 더 때시고, 농사철의 새벽이면 들에 가 일을 하고서야 아침을 드시던 아버지였다. 동네에 소도둑이 들었을 때 밤새워 소를 지키던 아버지였다. 장마가 들면 밤새워 논의 물고랑을 살피던 아버지였다. 한시라도 집에 들어앉아 있지 않던 아버지였다. 농사일이 없는 겨울철에는 산에 가서 나무를 해 팔거나, 막노동을 하러 공사판에 나가던 아버지였다. 약국에도 한번 다니지 않던 아버지가 병원에 입원하신 일은 가족 모두에게 충격을 줄 정도였는데, 이제 아버지는 기운이 훨씬 더 떨어지셨다. 하루하루가 다를 정도다.

쟁기를 지고 들일을 하러 가시던 아버지는 옛 기억 속에만 있다. 둘레가 큰 나무처럼, 바위처럼 당당하고 꼿꼿하게 서 있던 아버지는 어디로 가신 것일까. 풀짐을 가득 진 내 아버지는 어디로 가신 것일까.

순금의 시간

가을이 점점 깊어간다. 하늘은 맑고 높다. 수풀은 마르고, 풀벌레 우는 소리는 쓸쓸하고 가냘프고 애처롭다. 나무 그늘은 한층 선선하다. 코스모스나 구절초 등 가을꽃이 핀 곳엔 가을의 느낌을 즐기는 사람들이 모여든다. 과일들은 마저 무르익어 달콤함과 향기를 완성한다. 농가에서는 작물을 수확하고 열매를 거두어들인다. 나는 시골집에서 호두를 얻어왔다. 또 잘 익은 석류를 얻어왔다. 나는 이 계절의 느낌을 졸시 〈시월〉에서 이렇게 썼다.

수풀은 매일매일 말라가요 풀벌레 소리도 야위어가요 나뭇잎은 물들어요 마지막 매미는 나무 아래에 떨어져요 나는 그것을 주워들어요 이별은 부서져요 속울음을 울어요 빛의 반지를 벗어놓고서 내가 잡고 있었던 그러나 가늘고 차가워진 당신의 손가락과 비켜간 어제

가을을 노래한 시편을 많이 남긴 시인으로 김현승 시인을 손꼽을 수 있을 듯하다. 김현승 시인은 가을의 고독을 찬탄한다. 고독은 순금이라 여겼고, "가을의 끝이 오거든 우리의 영혼은 마지막 빈 가지에 홀로 남아서 까마귀와 더불어 울어야 한다"고 노래했을 정도다. "넓이와 높이보다 내게 깊이를 주소서, 나의 눈물에 해당하는……"[19]이라고 노래한 것도 김현승 시인이었다.

떠나가는 것을, 마지막 생명의 빛깔을 보여주고 그 화려함을 거두는 것을 우리는 가을의 시간에 마주한다. 사람의 몸도 변해간다. 가을처럼. 젊은 시간은 지나간다. 병이 오기도 한다. 사람을 잃기도 한다. 이것을 부정할 수는 없다. 받아들이지 않을 도리도 없다.

아르헨티나의 시인이자 소설가인 호르헤 루이스 보르헤스는 1955년에 국립도서관장으로 임명되었다. 그의 인생에서 아주 영예로운 순간들이었다. 그는 장서가 가득한 그곳에서 수많은 책을 볼 수 있다는 사실에 들뜨게 된다. 그러나 이듬해 보르헤스는 시력을 거의 상실한다. 그리고 '나'라는 존재에 대한 고통스런 번민이 있지만 몸의 쇠락과 무너짐을 담담하게 바라보는 심경을 이렇게 썼다.

> 여럿인 나, 하나의 그림자인 나, 둘 중 누가 이 시를 쓰는 것일까? (중략) 나는 이 정겨운 세상이 꿈과 망각을 닮아 모호하고 창백한 재로 일그러져 꺼져가는 것을 바라본다.

이 가을은 이처럼 자신을, 자신의 내부를, 자신의 근거를 살피는 때이므로 종교적인 명상을 하게 되는 때이기도 하다. 그리하여 종교가 가르치는 것을 실천하는 때이기도 하다. 그렇다면 모든 종교가 우리에게 행동에 옮기라고 권하는 내용은 무엇인가.

당대의 시인 백낙천은 도림선사에게 불교의 대의에 대

해 질문했다. 도림선사가 말했다.

"나쁜 일을 하지 말고 착한 일을 해라. 그리고 스스로 마음을 깨끗하게 해라. 그것이 불교의 대의다."

그러자 백낙천은 실망하면서 이렇게 대답했다.

"그런 말은 세 살 먹은 아이도 안다."

그러자 도림선사가 다시 답했다.

"세 살 먹은 아이도 이런 말을 할 줄은 알지만, 여든 먹은 노인도 실천하기는 어렵다."

이 얘기는 불교의 대의를 말한 하나의 사례에 불과하지만, 종교가 가르치는 대의는 수신修身과 사랑의 실천이 아닐까 한다.

가을의 시간은 우리에게도 지혜가 익는 때이고, 보다 성숙해지는 때이다. 수확의 때이면서 동시에 자신의 영혼을 돌보는 때이므로 이 가을을 비옥한 계절이라고 이른 것인지도 모르겠다. 한 잔의 차를 끓여, 혹은 따뜻한 커피를 받아 앞에 놓고 마르고 야위어가는 것들을 수긍하고 받아들이면서 동시에 뿌리와도 같은 그 근원에 대해서도 생각해볼 일이다.

프랑스의 초현실주의 시인 루이 아라공의 시[20]를 이 가을의 백지에 옮겨 적어본다.

인간만이 내일을 위해 사는 것이다
(중략)
살고 살리는 것 중에서 인간만이
미래를 생각해낸다
(중략)
신은 신성하고 불변의 것이기에
인간만이 자기의 그림자를 내려다보며
멀리 전방을 내다보는 한 그루의 나무이다

바람은 영겁의 시간 속을 불어온다

나의 자호는 노야老野, 늙은 들판이다.[21]

이 문장은 화가 강요배 선생이 최근에 펴낸 산문집에 실린 문장이다. 강요배 선생은 제주를 대표하는 화가이다. 제주의 자연을 화폭에 담아왔고, 또 현대사의 아픈 기억인 제주 4·3을 겪은 사람들의 증언을 바탕으로 화집을 펴내기도 했다. 늙은 들판이라니. 늙은 들판이라는 어휘는 옛 시간의 쌓임, 그리고 광활함과 생명력, 바람의 길처럼 걸림 없는 대자유 같은 것을 생각하게 했다.

실로 강요배 선생의 그림에는 활동이, 흘러가는 움직임이 있다. 구름의 일어남이나 붉은 낙조의 번짐이 있다. 그리고 그림 속에 바람이 불어간다.

> 바람은 영겁의 시간 속을 불어온다. 바람을 맞는 물과 돌과 땅거죽엔 시간이 각인된다. 장구한 시간 속에서 모든 것은 하나가 된다. 물이 뒤집히고 눈발이 솟구치고 구름장이 찢긴다. 달과 별이 떨린다. 이 맵찬 바람 속의 풍경들 그리고 한차례 바람이 다 지나간 후 섬의 중심에 의연히 앉아 있는 새하얀 산, 한라산. 이것이 나에겐 참다운 풍경으로 비친다.[22]

강요배 선생의 이 글은 선생의 그림 속에서 바람이 자주 역동적으로 등장하는 까닭을 잘 이해하게 한다. 그리고 선생의 그림을 통해 우리의 이 삶 또한 불어가는 바람과 같다는 것 또한 이해하게 된다. 바람처럼 불어오고 흩어지면서 우리의 경험이 집적되고, 우리의 존재 또한 바람의 문양이 각인된 하나의 물이요 돌이요 땅이라는 것을 비로소 깨닫게 된다. 그리하여 우리가 곧 눈발이고 구름이고 달과 별이라는 것을, 혹은 그들과 자매이며 형제라는 것을 깨닫게 된다.

제주에 살다 보니 이 바람의 잦음과 그 어마어마한 세력을 실감하게 된다. 밭의 둘레에 키 큰 나무들을 심어 가꾸고, 지붕을 낮게 하고, 돌담을 쌓을 적에 돌과 돌 사이에 바람이 지나가는 바람구멍을 내는 것도 세찬 바람 때문일 것이다. 바람에 풀이 눕고, 바람에 물결이 높게 이는 풍경을 어디서나 매일 만날 수 있다. 이 바람은 살아 있는 존재들에게 옮겨가서 움직임을, 현상을 만든다. 이 바람은 존재들에게 이동해가서 그들을 생생히 살아 있게 한다.

모든 존재가 현상으로 스스로를 증명함은 물론이다. 작고한 오규원 시인도 이러한 점을 주목했다. 존재를 직접적으로 생생하게 드러내는 현상을 중요하게 본 것이다.

> 모든 존재가 현상으로 자신을 말한다고 할 때, 그리고 참된 의미에서 모든 존재의 그 현상이 그 '존재의 언어'라고 할 때, 그 언어는 시간의 생성과 함께 일어난다. 이 생성의 시간적 언어인 현상을 기록할 수 있다면 그것은 '살아 있는 언어'이며 동시에 굳어 있지 않은 의미로서의 이미지일 것이다.

산의 앞뒤로 달빛은 밝고
바다의 안팎으로 바람은 맑다
무엇이 진면목인가 묻는다면
하늘에 점 찍은 기러기
지나가는 데에 있다 하리

이 시는 조선 전기 벽송선사의 시이다. 달빛은 밝음으로 진리를 드러내고, 바람은 맑음으로 진리를 드러내며, 기러기는 날아가는 것 그 자체가 진리라는 뜻으로 이해된다. 있는 것을 있는 그대로 보면 분별하는 마음과 곤란이 생겨나지 않는다.

가을을 맞아 앞서 인용한 글들을 가까이 두고 고요히 생각한다. 장마와 태풍이 지나간 뒤에 풀벌레 소리가 더 애절해지고 하늘은 높아졌다. 그동안 자주 질문해보지 못했던, 모든 존재들의 흘러감과 현상에 대해 생각해본다. 나는 얼마 전 졸시 〈그때에 나는〉을 통해 이렇게 썼다.

아가를 안으면 내 앞가슴에서 방울 소리가 났다 밭에가 자두나무 아래에 홀로 서면 한 알의 잘 익은 자두가 되었다 마을로 돌아가려 언덕을 넘을 때에는 구르는 바퀴가 되었다 폭풍은 지나가며 하늘의 목소리를 들려주었다 너의 무거운 근심으로 나는 네가 되었다 어머니의 말씀을 듣는 조용한 저녁에는 나는 또 누군가의 어머니가 되었다

자신이 다른 존재가 되어보는 일에는 이익이 있다. 다른 존재의 속마음과 행동을 이해할 수 있을 뿐만 아니라, 다른 존재가 나를 바라보는 입장을 알게 되어 나를 바로 보게도 된다. 생글생글 잘 웃는 아이를 품에 안으면 우리의 내면에도 경쾌한 방울 소리가 일어날 것이다. 거두어들이는 과일을 보면 우리도 우리의 무르익음에 대해 생각하게 될 것이다.

폭풍이 지나갈 때에는 하늘의 세계에 대해, 우주에 대해 큰 생각도 가져보게 될 것이다. 누군가의 근심이 곧 나의 근심임을 느끼게 될 것이다. 어머니의 사랑처럼 누군가에게 사랑을 나누며 살 일도 설계해보게 될 것이다.

독촉받는 마음으로 살지 않고 내 안쪽 마음과 바깥 세계를 두루 보면서 가을을 맞아야겠다는 생각을 가져본다. 우

리 삶의 한 영토에 가을이라는 시간의 여울이 흘러가고 있음을 잠시 느끼면서 일상을 보냈으면 한다.

자연산 가을 상품

가을이 깊어갈수록 열매는 달콤하다. 그러나 나뭇가지의 끝에 매달린 어떤 열매들은 나만의 몫이 아니다. 한동안 매일 아침 꾸지뽕나무 아래에 가서 꾸지뽕 열매를 주웠는데, 이제 그 열매가 내 것만은 아니다. 며칠 전보다 훨씬 더 붉고 훨씬 더 단맛이 든 꾸지뽕 열매는 여러 마리의, 여러 종류의 새들이 소유하게 되었다. 태어나서 처음 본 새들의 것도 되었다. 나는 새들이 쪼아 먹다 반쯤 남은 꾸지뽕 열매를 줍는다. 이제 나는 새들이 먹다 남긴, 여분의 열매를 얻어먹는 셈이다. 기어 다니는 벌레가 이 꾸지뽕 열매를 먹다가 남겨 놓으면 그때에 나는 꾸지뽕 열매의 한 조각을 얻어 먹는다. 꾸지뽕 열매 반쪽도 나눠 먹는다.

제주에 살면서 조밤나무 열매를 알게 되었다. 육지에서는 구실잣밤나무라고 불리기도 하는 모양인데, 열매가 작아서 이름이 그렇게 붙었다고 한다. 열매는 날로 먹거나 구워서 먹는다며 지인은 조밤을 주워 이로 깨물어 까는 것을 보여주었다. 요즘은 잘 주워 먹지 않는 조밤에 나는 또 관심이 생겨 당분간은 조밤나무 아래를 서성거리게 될 것 같다.

날이 쌀쌀해지니 그동안 밀쳐두었던 시집을 꺼내 읽게 된다. 작고한 최하림 시인의 시집을 내내 가까이에 두고 읽으며 가을날을 지낸다. 최하림 시인의 〈가을날에는〉[23]이라는 시에는 이런 시구들이 있다.

조심스럽게 옮기는 걸음걸이에도
메뚜기들은 떼 지어 날아오르고 벌레들이 울고
마른풀들이 놀래어 소리한다 소리들은 연쇄반응을
일으키며 시간 속으로 흘러간다 저만큼 나는
걸음을 멈추고 오던 길을 돌아본다 멀리
사과밭에서는 사과 떨어지는 소리 후두둑후두둑 들리고

붉은 황혼이 성큼성큼 내려오는 소리도 들린다

이 가을의 시간에는 소리가 잘 들린다. 사방이 고요하기 때문일 것이다. 움직임과 그 움직임에 의해 생겨나는 소리에 모두 예민해지는 때이다. 시인은 이것을 잘 알아 자신이 다른 것들을 방해하는 일이 없도록, 무단으로 개입하는 일이 없도록 조심조심 걸음을 옮긴다. 그러나 아무리 마음을 써도 그 걸음 소리에 메뚜기들이 놀라 날아오르고, 벌레가 울고, 마른풀들이 흔들린다. 존재들은 서로 주고받는 영향 관계에 있으므로, 그물처럼 연결되어 있으므로 소리들은 연쇄적으로 반응한다. 서서 걸어온 길을 돌아보니 저쪽 사과밭에서 사과가 땅바닥으로 떨어지는 소리가 들려오고, 저녁때의 석양도 성큼성큼 발을 크게 떼어놓으며 지상으로 내려온다. 열매가 떨어지는 소리와 하루가 저무는 발소리가 어느 때보다 크게 들린다.

이 시에서처럼 가을에 우리의 감각은 예민해진다. 단풍이 들고, 잎사귀가 떨어지는 자연의 일이 흔히 있을 만한 일로 여겨지지 않게 된다. 무심하게 여겼던 시간의 흐름에 마음을 얹어 상념에 젖기도 한다. 그러나 이 상념은 이익이 없지 않다. 마음속에 여러 가지 생각을 품게 되어 때로는 외롭고 쓸쓸하다고 느낄 때가 없지 않지만, 그동안 질주하듯 살아온 시간들을 돌아보면서 삶의 속도를 조절하고, 삶의 궤적을 돌아보고, 삶의 진정한 가치에 대해서도 한번 질문해 보게 되는 것이다.

아침에 마당에 나갔더니 어디선가 은은한 향기가 풍겨왔다. 올해 심었던 은목서에 작고 흰 꽃이 피어 그 향이 흘러나오고 있었다. 제주에서는 금목서와 은목서를 집에 더러 심는데, 꽃이 이즈음에 핀 것이었다. 나무의 꽃향기를 맡는 일도 도시에서는 밀쳐놓았던 일이었다. 그러나 시골에 와서는 흔한 일이 되었고, 일부러 찾아서 하는 일이 되었다. 몇 달 전 밤에는 한라봉 꽃향기를 맡은 적이 있었는데, 캄캄한 어둠 속에서 꽃의 향이 흰빛처럼 흘러나오는 것에 행복감을 느꼈다.

요즘 가을볕은 금모래처럼 곱다. 잠깐씩 햇살 속에 앉아 있기도 한다. 무언가를 노란 보자기에 싸서 놓아둔 것처럼 마루에 내려앉는 가을빛은 따사롭기만 하고, 푸근한 마음을 일으킨다. 이 햇살을 잘 저장할 수 있다면 두고두고 아껴서 보고 싶다는 생각이 들 정도이다.

지난 일요일에는 햇살 속에 있으면서 저쪽에 잘 익은 감이 바람에 흔들흔들하는 것을 보았다. 감나무는 빈집의 허물어진 돌담에 기대어 서 있었다. 감나무 가지들이 흔들흔들하는 모습이 한가하니 참 좋았다. 일상을 헐렁하게 입어도 좋지 않을까 싶었다.

노랗게 익은 귤 하나의 맛에서, 노랗게 익은 모과 하나의 향에서 우리는 가을을 느낄 수 있다. 가을의 시간에 짧게 만날 수 있는, 우리 주변의 자연산 상품들을 우리의 마음으로 구매해도 좋을 것 같다. 화폐를 지불하지 않아도 얻을 수 있는 것이 많다.

다섯 수레의 책

인도의 시인 라빈드라나트 타고르는 "나의 마음의 어둑한 고요의 공간은 귀뚜라미의 울음소리로 채워지는 것 같습니다. 소리의 회색 황혼"이라고 가을날을 살아가는 자신의 내면을 노래했다. 가을에는 조용한 공간이 내면에 생겨난다. 조금 쓸쓸하면서 잠잠한 시간을 살게도 된다. 이런 시간은 자신을 우물처럼 들여다보는 때이기도 하다. 또 책을 펼쳐 읽다 책갈피를 꽂아두고 가만히 생각에 잠기어도 좋은 때이다. 책을 새로이 많이 구입하진 못하더라도 읽고 싶었던 한두 권의 책을 이 가을에 처음부터 끝까지 다 읽어도 좋은 때이다.

얼마 전 산문집을 내고 나서 독자들을 만나는 여러 행사를 치렀지만, 최근 한 책방으로부터 온 제안은 특별했다. 책방에서 운영하는 북클럽 회원들을 위해 책에 직접 사인해서 보내줄 수 있느냐는 것이었다. 수백 명의 북클럽 회원들에게 보낼 책에 하나하나 사인하는 일은 쉽지 않았다. 하지만 그 책방의 기획이 참신했고, 또 책을 지은 사람으로서 책방의 북클럽 회원들이 내 책을 구입해 함께 읽는다니 아주 고마운 일이었다. 이 책방에서는 매달 좋은 책을 골라 북클럽 회원들에게 그 책을 고른 이유를 밝힌 '책방마님'의 편지와 함께 보내주고, 책을 다 읽은 후 서로 토론하고 독후감을 나누는 자리를 마련하고 있었다.

특정 분야를 정해놓고 책을 고르지는 않는다고도 했다. 소설, 시와 에세이, 역사, 경제, 과학 등 다양한 분야의 책들을 망라한다고 했다. 다만 '생각의 경계를 넓혀주는 책, 통찰력을 품고 있는 책, 혹은 의미 있는 질문을 던져서 다시금 생각해보게 하는 책'을 고른다고 했다. 책방 주인과 북 큐레이터, 외부 자문단이 참여해 최종적으로 회원들에게 보낼 책을 선정한다고 했다. 어떤 책을 고르느냐에 북클럽의 성패가 달린 만큼 성심껏 한다고 했다.

이 책방의 이런 시도가 의미 있고 또 돋보이는 것은 책방이 독자를 가만히 기다리고만 있지 않고, '독서열'을 지펴 이끌어간다는 데에 있다. 또 저자와 독자 사이의 거리를 좁히고, 책에 대한 이해를 서로 교환함으로써 책의 해석에 적극적으로 참여한다는 점에 있다. 이러한 시도로 인해 독자는 독서의 총량을 늘려갈 수도 있을 것이다.

'오거서五車書'라는 말이 있다. 다섯 수레에 실을 만큼 많은 책을 일컫는다. 장자의 친구였던 혜시는 소장한 책이 다섯 수레에 이를 만큼 다독가였다고 한다. 당대의 문학가였던 한유는 아들에게 책 읽기를 권하면서 시 〈부독서성남시符讀書城南詩〉를 지었다.

가을이 되어 장마 걷히고
서늘한 바람이 들녘에 불어온다
이제 등불을 차츰 가까이해서
책을 펼쳐볼 만하다

이 시에서 '등화가친燈火可親'이라는 말이 유래했다. 한유는 이 시에서 나무가 둥글게 혹은 모나게 깎이는 것은 목수의 손에 달려 있고, 사람이 사람답게 되는 것은 뱃속에 글이 얼마나 들어 있느냐에 달려 있다고 했다. 또 사람이 태어날 때에는 현명함과 어리석음이 같아 어린 시절에는 별 차이가 없지만, 성장하면서 능력을 나타내는 점이 달라져 배우느냐 배우지 않느냐에 따라 마치 맑은 냇물과 흙탕물 도랑의 차이만큼 사람됨이 달라진다면서 독서를 권장했다.

관심

평소에 즐겨 듣는 클래식 음반 가운데 세계적인 피아니스트 백건우의 음반이 있다. 백건우는 열 살에 데뷔해서 이제는 거장의 반열에 올랐다. 그는 여덟 살 무렵에 처음으로 쇼팽의 피아노협주곡 1번을 들은 이후부터 일흔을 훌쩍 넘긴 지금의 나이에 이르도록 쇼팽의 음악을 연구해왔다. 쇼팽의 족적이 남아 있는 곳은 다 찾아가 봤다고 한다. 심지어 쇼팽이 피아노를 연습하던 방까지.

백건우는 '건반 위의 구도자'라고 불리지만 매일 연습을 게을리하지 않는 것으로 알려져 있다. 매일 피아노 연습과

악보 연구에 여섯 시간을 매달린다고 하니 가히 놀랄 만하다. 대가가 그렇게까지 할 필요가 있을까 싶지만 그는 한 인터뷰에서 "연습을 하면 이전에 보이지 않았던 것이 보이고, 다듬어야 할 것들이 많아진다"고 말했다.

또 그는 "음악 속에 새로운 세계가 있고, 그 안에 또 새로운 세계가 펼쳐지다 보니 거기에 이끌려서 지금껏 온 것 같다"고도 했다. 백건우의 삶을 보면 관심이 얼마나 중요한가를 깨닫게 된다. 어떤 일을 지속적으로 하게 하는 동력이 관심이요, 또 그 일에 있어서 최고의 경지에 오르도록 이끄는 것도 관심이다.

한 가지의 일을 수십 년 동안 해온 장인들의 경우에는 더더욱 그러하다. 관심을 갖고 매일매일 그 일에 에너지를 반복적으로 사용해서 자신의 실력을 더 예리하게 만들고 숙련도를 높인다. 그리고 삶을 비교적 단순하게 살려고 애쓴다. 그림을 그리는 사람은 그림을 그리는 일 외의 생활을 단순하게 하며 산다. 크고 좁은 얼굴상을 창조한 서양의 자코메티도 그러했고, 새와 나무, 가족을 주로 그렸던 우리나라의 화가 장욱진의 삶도 그러했다.

시를 쓰는 시인의 경우에도 마찬가지다. 나는 시를 써온

지 30년이 넘었지만 시를 쓰는 일이 매번 어렵다. 언어는 아주 예민하다. 그래서 언어를 다루는 시인도 극도로 예민해야 한다. 언어는 금방 도마뱀처럼 달아나고, 깎아놓은 사과처럼 색감이 변한다. 그래서 시인은 늘 마음이 조금 고양된 상태에 있도록 자신을 관리해야 한다. 다른 생활을 단순하게 해서 오직 시에만 관심을 기울여야 한다. 성냥불처럼 잠깐 점화된 생각을 수첩에 얼른 적어서 보관해야 하고, 구상하고 있는 시를 마치 바지 주머니에 넣어다니듯이 늘 생각하며 마음에 지녀야 한다. 버스 정류장에서도, 식당에서 밥을 먹을 때도, 잠들기 전에도 시에 대한 관심이 사라져서는 안 되는 것이다. 관심이 사라지는 순간, 시는 줄행랑을 쳐 도망가고 마는 까닭이다.

대장간에서 일하는 노동자나 농사를 짓는 농부의 경우에도 그 일에 모든 관심을 쏟으며 살아간다. 대장공은 쇠붙이를 달구고 두드리는 일에만 관심을 쏟아야 최고로 좋은 연장을 만들어낼 수 있고, 농부는 심어놓은 작물의 조건을 맞추는 일에만 관심을 가져야 더 많은 수확을 그해에 거둘 수 있다. 또 좋은 씨앗을 골라야 하고, 적기에 심어야 하며, 물과 태양과 바람과 기온이 작물에 적절하도록 돌보아야 하며, 작물이 자라나는 데에 훼방이 되는 요인들을 없애야 한다. 거두어들이는 시간도 잘 잡아야 한다. 그러므로 씨앗을 준비하는 때부터 열매를 거둘 때까지 한시도 관심을 놓는 일이 없다. 해가 뜨기 전에 나서서 작물을 보살피고, 해가 다 진 이후에 작물로부터 떠나오지만 밤의 시간에도 관심을 다른 데로 돌리는 법이 없다.

부처가 녹야원에 머무르고 있을 때 '의왕'에 대해 한 말씀이 있다. 의왕은 의사의 왕, 즉 최고로 뛰어난 의술을 자랑하는 의사라는 뜻이다.

최고의 의사는 네 가지의 일에 대해 아주 잘 아는 사람이라고 부처는 말한다. 첫째는, 이런저런 갖가지 병을 잘 아는 사람이요, 둘째는 병의 근원을 잘 아는 사람이니 그 병이 바람으로 인해 생겼는지, 벽음癖陰*에서 생겼는지, 침에서 생겼는지, 냉冷에서 생겼는지, 현재 일로 인해 생겼는지, 절후節候, 즉 기후에서 생겼는지를 아는 사람이요, 셋째는 병을 치료하는 방법을 잘 아는 사람이요, 넷째는 병을 고친 후 미

* 양쪽 가슴 아래에 모인 물기가 흔들리며 출렁출렁 소리가 나는 병.

래에 다시 재발하지 않게 하는 사람이라고 말한다.

이 비유를 놓고 생각해보건대 우리가 우리의 일에 대해 가져야 할 관심은 그 내용이 상당히 넓다는 것을 알게 된다. 또 관심은 처음부터 끝까지 일관되게 지속되어야 한다는 것을 알게 된다. 또한, 관심이 깊으면 깊을수록 그 일에 있어서 왕王의 지위에 점차 가까워진다는 것을 알게 된다. 피아니스트 백건우가 피아노를 연습하면 할수록 더 깊은 세계를 만나게 된다고 한 것도 이런 이치와 같다고 하겠다.

관심 없이는 아무것도 기를 수 없고, 아무것도 지닐 수 없다. 관심은 연료이며, 엔진이다. 그러나 관심하다는 말은 차고 뜨거운 마음의 온도를 동시에 포함한다. 관심이 모든 것을 기른다고 해서 무조건 좋게만 대해서는 되지 않을 때도 있다.

조련사가 말을 훈련시킬 적에 사용하는 세 가지 방법이 있다고 한다. 당근과 같은 것을 주어서 부드럽게 다루는 것이 첫 번째요, 채찍을 사용해서 엄격하게 다루는 것이 두 번째요, 부드러움과 엄격함을 골고루 사용해서 다루는 것이 세 번째다. 물론 조련사는 말에 대한 마음 씀을 내려놓지 않는다. 염려와 배려와 정성을 내려놓지 않는다.

우리가 갖고 있는 자신만의 관심사를 잘 보호하고, 엄하게 다루고, 풍성하게 기를 일이다.

하얀 씨앗

평소에 감탄사를 어느 정도로 사용하고 있는지 돌아보곤 한다. 감탄사는 어떤 것을 느꼈을 때 저절로 나오는 말이다. 사전에서 들고 있는 예로는 '아, 오, 야, 아이고, 아뿔싸, 이키, 영차, 애걔, 아서라' 같은 말이나 '예, 여보시오, 에구구, 글쎄, 아니' 등과 같은 말이 있다. 우리가 활짝 핀 목련을 보면서 옆 사람에게 "어머, 목련이 피었어요. 오리 부리 같은 목련이!"라고 말하거나 "오, 오늘은 미세먼지가 하나도 없이 아주 화창해요"라고 말할 때에 '어머'와 '오'라는 말이 감탄사이다.

그런데 가만히 생각해보니 나는 이러한 감탄사를 별로 사용하지 않고 있었다는 것을 알게 되었다. 불만이나 흠을 잡는 말만을 얼음처럼 꺼내놓을 뿐.

감탄을 잘하는 능력에 깜짝 놀랐던 경우가 두어 차례 있었는데, 첫 번째는 이란을 방문했을 때였다. 시 낭송회에서 낭송하는 이가 자신의 시를 읊는 도중에 객석에서 "옳지!" "훌륭해!" "얼씨구!"와 같은 감탄사가 연거푸 쏟아졌다. 마치 추임새와도 같은 그 감탄의 말은 매우 흥미롭고 감동적이었다. 또 한번은 미국의 동화작가이자 삽화가인 타샤 튜더의 생애를 다룬 다큐멘터리 영화에서였다. 타샤 튜더는 바깥의 대상을 만나고 접할 때마다 "귀여워라!" "사랑스러워라!"와 같은 말을 아끼지 않고 했다. 그녀의 내면에는 밝은 빛이 가득 고여 있어서 바깥의 대상을 대할 때마다 그 빛이 흘러넘치는 것만 같았다.

일상생활에서 되도록 긍정적인 감탄의 말을 자주 사용하면 어떨까 한다. 감탄하는 능력을 키울 때 얻을 수 있는 이익은 아주 많다. 심리학자들은 갓 태어난 아기가 빠르게 성장하는 데에 부모의 감탄하는 능력이 매우 중요하다고 말한다. 아이가 옹알이를 하거나, 첫걸음을 떼거나, 조그만 손을 쥐었다 폈다 할 때, 부모가 호응하며 감탄하는 일은 아이에게 중요한 성장의 계기가 된다고 말한다. 아이의 안정과 인정욕구를 이끌어내기 때문이라는 것이다.

정신분석학자이면서 사회심리학의 개척자인 에리히 프롬은 현대인의 무기력이 분노와 공포, 신경증 같은 것으로 나아갈 수 있다고 우려한다. 그러면서 무기력증을 극복하기 위해서 감탄하는 능력을 키우고, 지금 여기의 삶에 집중하고, 피하지 말고 갈등을 받아들일 줄 알아야 한다고 지적한다.

생각해보면 아이들이야말로 감탄하는 능력을 가장 잘 보여주지 않나 싶다. 백일장에서 한 초등학생이 쓴 다음의 시를 읽고 크게 웃은 적이 있다.

봄이 지나고
여름이 지나고
가을이 왔다. 기분 좋다.
이힝 이힝

이 아이는 계절이 바뀌어 가을이 왔을 때의 자신의 기

분을 말의 울음소리에 경쾌하게 빗대었다. 장난스럽다고도 볼 수 있지만, 나는 이 아이의 맑은 감탄이 너무 부러웠다.

가스통 바슐라르는 아이들이 하는 몽상의 특징으로 우리 마음의 원형들을 활성화해 원형들의 신선함을 되찾게 해준다는 것을 꼽았다. 그래서 바슐라르는 유년을 '천진함의 학교'라고 불렀고, 어른들은 잃어버린 유년의 몽상을 되찾아야 한다고 권고했다. 어른들은 엄숙하고 딱딱해지면서 감탄의 느낌표를 잃어버렸는지도 모른다. 때때로 유년의 몽상을 하면서 살아도 좋은 것이다. 철 좀 덜 들어도 괜찮은 것이다.

긍정적인 감탄의 말을 자주 사용하는 것은 마음에 좋은 씨앗을 심는 일이다. 티베트 마음 수련법에서는 긍정적인 마음의 씨앗을 '하얀 씨앗'이라고 부른다. 하얀 씨앗을 심으면 사려 깊음, 인내, 활력, 용기, 보살핌과 같은 것을 얻게 된다고 본다. 얼굴을 마주하는 사람에게, 새봄을 펼쳐 보이는 자연에 감탄의 말을 아낌없이 건넸으면 한다.

풍경과 응시

최하림 시인이 생전에 쓴 〈메아리〉[24]라는 시를 최근에 다시 읽었다.

오래된 우물에 갔었지요

갈대숲에 가려 수시간을 헤맨 끝에 간신히 바위 아래 숨은 우물을 발견했습니다 (중략) 나는 천천히 고개를 숙이고 벌컥벌컥 물을 마신 다음 우리가 살아야 할 근사한 이유라도 있는 것이냐고 가만히 물어보았습니다

우리가 살아야 할 근사한 이유라도…이유라도…

하고 메아리가 일었습니다

그와 함께 수면이 산산조각 깨어지고 얼굴이 달아났습니다

나는 놀래어 일어났지만 수면은 계속 파장을 일으키며 공중으로 퍼져가고 있었습니다

이 시는 고요 속으로 가만히 내려간다. 바깥을 응시하던 시선이 내면을 응시한다. '나'는 숨어 있는 옛 우물을 찾아간다. 목을 축인 후에 그 우물에 묻는다. 우리가 이처럼 살아야 할 그럴듯하게 괜찮은 이유가 있느냐고. 우물의 수면에는 자신의 얼굴이 비치고 있었을 것이므로 이 물음은 자신을 향해 던진 물음이기도 하다. '나'는 자신의 목소리가 메아리가 되어 일어나고, 그 목소리 때문에 수면이 흔들리고, 수면에 비친 자신의 얼굴이 흩어지고, 목소리의 메아리가 공중으로 퍼져서 자신을 향해 돌아오는 것을 찬찬히 듣고 바라본다. 최하림 시인의 시는 시적 화자가 풍경의 주체가 되지 않고 풍경 일부가 되는 특징이 있다는 평가를 받는다. 담담하게 풍경을 바라보았기 때문이다.

이 시를 읽으면서 요즘의 우리에게 이 시처럼 바깥 풍경

에 대한 조용한 응시의 시간이 과연 있는 것일까 생각했다. 다른 누군가에게 물을 것도 없이 나에게 먼저 물어보았다. 다섯을 셀 동안에 걸쳐 하나의 바깥 풍경을 오래 응시한 적이 있었던가. 쫓기는 사람처럼 살고 있는 것은 아닐까. 나를 책망하지 않을 수 없었다.

얼마 전 시인 김용택 선생님을 뵌 일이 있었다. 선생님은 섬진강 강변 옛집에 살고 계신다. 동네에는 열두 가구가 모여 산다고 하셨다. 선생님의 말씀은 나를 가만히 흔들어 깨웠다.

"72년을 한 나무 밑을 지나다니면서 살았고, 72년을 똑같은 산을 바라보며 살았고, 72년을 같은 얼굴을 보고 살았어요. 살았는데, 한번도 질려본 적이 없어요. 그런데 얼마나 심심하겠어요. 산을 72년을 바라보며 사는데, 보통 심심한 게 아니에요. 심심함을 견디는 일이 진짜 힘들어요. 너무나 심심하다 보니까 모든 것들이 자세하게 보였어요. 새가 날아가는 것도, 눈이 오는 것도, 비가 오는 것도, 할머니들이 농사짓는 것도 자세히 보여서 그런 것들이 자연스럽게 내 시로 들어왔어요."

조금은 지루한 시간을 참다 보면 바깥이 상세하게 보이기 시작하고, 그러다 보면 바깥을 바라보는 자신의 내면도 함께 보게 된다는 말씀이었다. 매 순간을 스스로 분주하게 하지 않으면, 무언가에 쫓기는 사람이 되지 않으면 속이 항아리처럼 깊어진다는 말씀이었다. 별다른 일도 아닌 일을 자꾸 만들면서, 몸과 생각의 소음을 만들면서, 안달하면서 살고 있는 것이 아닐까 하는 자책감이 들었다.

또 얼마 전에는 법정 스님의 생전 법문을 들었는데, 스님은 유리잔에 담긴 물에 뿌리를 내리고 새순을 펼치며 자라는 고구마를 햇살이 좋은 창가에 놓아두고 가만히 마주한다고 하셨다. 그것을 바라보는 시간에 행복이 온다고, 사는 일이 새삼스럽게 고맙게 느껴진다고 하셨다. 행복과 불행은 외적 여건에 있는 것이 아니라 내적인 수용에 있다는 말씀이었다.

'수일불이守一不移'라는 말이 있다. 하나의 물건을 오롯하게 응시하면서 마음을 가다듬어 움직이지 않는다는 뜻이다. 이렇게 하면 산란한 생각들이 끊어진다는 것이다. 이렇게 하면 저절로 고요함에 들게 된다는 것이다. 명상 수행에서 자신의 드나드는 숨결을 살피라고 권하는 까닭도 비슷한 이유일 것이다.

무언가를 응시하는 일은 평정된 내면에 이르게 한다. 평온을 찾은 사람이 되게 한다. 평정된 내면에 이르게 되면 바깥과 안쪽, 대상과 내심, 남과 내가 따로 있지 않다는 것을 알게 된다. 응시하면 대상이 소상히 보이고, 이해하게 되고, 대상이 가진 이점을 알게 되고, 또 그것은 내 마음에도 좋은 영향을 끼치게 된다. 응시하면 내면의 눈이 그윽해진다. 조용하게 들으면 내면의 귀가 커진다.

이즈음에는 물드는 나뭇잎을 가만히 바라보는 시간도 좋을 것이다. 한쪽 구석에 빈 의자가 놓여 있는 것을 바라보아도 좋을 것이다. 숲을 갈 적에 떨어져 있는 솔방울을 쥐어 보아도 좋을 것이다. 솔방울을 쥐어 들고 있으면 솔방울 속에서 바람 소리가 들려올 것이다.

가슴속에 새겨지는 별과 시

한 사람의 내면에 시가 들어 있다는 것은 참으로 멋진 일이다. 그것은 푸른 보리밭 위로 종달새가 날아오르는 것에 비유할 만하다. 우리의 내면에는 많은 것이 들어 있다. 신념과 같은 견고한 것도 있고, 여러 빛깔의 감정도 있고, 옛 시간의 흔적들인 사진도 있고, 노래의 악보도 있고, 채집한 언어도 있다. 이들은 내면에서 활동하며 지금의 우리에게 영향을 끼친다. 읽고 암송한 시는 채집한 언어라고 할 수 있을 것이다. 대체로 곤충의 더듬이처럼 예민하고, 홀씨처럼 가볍고, 또 밝은 빛 그 자체인 이 언어들이 우리의 가슴

속에서 움직이고 있다는 것은 근사한 일이다.

예를 들면, 유치환 시인의 〈행복〉[25]에서 아래와 같은 시구가 살아 숨 쉬는 마음은 얼마나 매력적이겠는가.

사랑하는 것은
사랑을 받느니보다 행복하나니라.
오늘도 나는
에메랄드빛 하늘이 환히 내다뵈는
우체국 창문 앞에 와서 너에게 편지를 쓴다.

윤동주 시인의 시 〈별 헤는 밤〉이 한 사람의 마음에 담겨 있다면 이 사람은 생활이 힘들고 고통스러울 때마다 이 시를 떠올려 생기와 활력을 회복할 수 있을 것이다.

가슴 속에 하나 둘 새겨지는 별을
이제 다 못 헤는 것은
쉬이 아침이 오는 까닭이요,
내일 밤이 남은 까닭이요,
아직 나의 청춘이 다하지 않은 까닭입니다.

별 하나에 추억과

별 하나에 사랑과

별 하나에 쓸쓸함과

별 하나에 동경과

별 하나에 시와

별 하나에 어머니, 어머니.

한 편의 문학작품은 작품 그 이상이다. 한 권의 책은 책 그 이상이다. 작품이 낭독되는 순간에 작품의 문장들은 읽은 이의 내면으로 들어간다. 내면으로 들어가 내면이라는 방의 스위치를 켠다. 무엇인가를 촉발한다. 그리고 그 내면을 썩 괜찮게 가꾼다. 사막이 되어가는 거칠고 독단적인 마음을 너그럽고 비옥한 상태로 바꿔놓는다. 이러한 시들이 한 사람의 가슴속에 영원히 살아 있다면 그의 가슴은 얼마나 향기로울 것인가. 누구나 내면에 시 몇 편 간직하고, 힘들어질 때 혹은 누군가 힘겨워할 때 하나씩 꺼내어 낭송해보는 것도 좋을 법하다.

시골 버스를 기다리며

최근 내 머릿속에 돌고 도는 문장들이 있다. 이 문장들은 긴 여운을 갖고 있다. 이 문장들은 의자를 놓고 내 마음속에 앉아 있다. 하나는 최하림 시인의 시 〈저녁 바람〉[26]의 일부이다.

나는 빈 광주리 같은 가슴이 되어
무슨 말을 해야 할지 모릅니다
나는 여기 그냥 이대로 서서 바람을
맞으며 그들이 잠시

우리 기억 속으로 들어와 흰

날갯짓을 한다고 생각할 수밖에 없습니다

"빈 광주리 같은 가슴"이라는 시구에는 처연한 고요가 느껴진다. 조금은 허전한 듯도 하고, 조금은 한가한 듯도 하고, 조금은 쓸쓸한 듯도 한 이 문장이 곱씹을수록 좋다. 그래, 우리들은 가슴에 너무 많은 것들을 담아놓고 살고 있는지도 모를 일이다.

또 하나의 문장은 붓다가 라자가하에서 닷키나기리로 가실 적에 길을 따라 잘 정리된 마가다국의 넓은 들판을 보시고선 아난다에게 하신 말씀이다.

붓다는 아난다에게 이렇게 말씀하셨다.

"아난다야, 경지 정리가 잘 된 마가다의 들판이 보이느냐?"

아난다가 대답했다.

"예, 보고 있습니다."

그러자 붓다는 다시 물으셨다.

"아난다야, 비구들의 가사도 저 들판처럼 만들 수 있겠느냐?"

아난다는 말씀드렸다.

"예, 할 수 있습니다."

스님들이 입는 가사를 경지 정리가 잘 된 마가다의 들판처럼 만든다는 것은 무슨 뜻일까 생각해보았다. 아마도 그것은 반듯하고 잘 제어되어 있으며, 위엄을 갖춘 경건한 어떤 것을 말씀하신 것이 아닐까 싶었다. 가사의 외형이 그러해야 할 뿐만 아니라 그 가사를 입는 수행자의 마음 또한 그러해야 한다는 의미로 이해했다.

나는 이 두 문장을 통해 얼마간 내 삶을 돌아보았다. 너무 분주하지 않은지, 잡념이 많지 않은지, 그리고 한 인간으로서 위의를 갖추고 사는 일에 소홀함이 없는지 돌아보았다.

요즘 나는 가끔 일부러 시골 버스를 탄다. 시골 버스는 아주 먼 데서 온다. 제주 한림에서 출발해 귀덕3리를 지나, 어음리를 지나, 봉성리를 지나, 납읍리를 지나, 용흘리를 지나 내가 사는 장전리로 온다. 장전리를 떠나가면 무수천을 지나, 월산마을을 지나, 정존마을을 지나, 종점인 제주버스터미널을 향해 간다. 이 노선의 중간에는 청용사와 흥국사와 극락사가 있다.

버스는 한 시간에 한 차례 온다. 버스가 장전리에 도착하는 시간은 정해져 있으나 그 시각에 꼭 맞춰 오는 경우는 거의 없다. 좀 일찍 오거나 좀 늦게 온다. 버스에 손님들이 꽉 차 버스 안이 시끌시끌할 때도 있고, 손님들이 적어 버스 안이 한산할 때도 있다. 나는 버스가 도착하는 예정 시간보다 10분쯤 먼저 나가 버스를 기다린다. 버스가 오려면 휘어진 굽잇길을 돌아서 와야 하므로 내가 선 자리에서는 버스가 어디까지 왔는지 알 수가 없다.

버스가 오기 전, 많은 승용차와 트럭과 자전거와 경운기가 나를 지나간다. 나는 급한 마음을 내려놓고 차량과 사람들이 나를 지나가는 것을 가만히 지켜본다. 때때로 고개를 들어 구름이 이동하는 것도 보고, 바람이 불어오는 것도 바라본다. 구름과 바람은 물처럼 흘러온다. 일정한 모양이 없이 때로는 헝클어진 상태로, 때로는 잘 빗겨진 머리카락처럼 온다.

그러면 나는 내 삶의 시간도 이처럼 온다고 생각해본다. 흘러와서 흘러간다고 생각해본다. 어떤 일이 좀 이르게 올 때도 있고, 한꺼번에 올 때도 있고, 좀 더디게 올 때도 있고, 웃음과 기쁨을 가져올 때도 있고, 먹구름과 빗방울처럼 걱정과 슬픔을 동반하여 올 때도 있다. 그러나 나는 그것들을 버스처럼 타고 어딘가로, 미래의 시간을 향해 나아간다. 마치 버스가 제주버스터미널을 향해 가듯이.

버스 안에서도 여러 사람을 만난다. 연세가 많으신 어른도 있고, 직장인도 있고, 학생도 있다. 등에 가방을 멘 사람도 있고, 산나물 보따리를 들고 탄 사람도 있고, 귤을 따서 시장에 팔러 나가는 사람도 있다. 서로 아는 사이도 있고 초면인 사이도 있다. 이 버스 안은 언뜻 보면 하나의 세계와 다름이 없다. 먼 데서 오는 버스를 기다리며 내가 서 있는 현재를 돌아보고, 명상하듯이 나는 이동하고, 흐르는 풍경을 바라본다. 영원한 것은 없다. 아끼는 물건은 점차 사라지고, 사람의 몸도 노쇠해지니 그것을 근심하거나 괴로워하지 말자는 생각을 해본다.

앞서 인용한 최하림 시인은 〈병상에서〉[27]라는 시를 통해 병을 앓고 휠체어에 몸을 의지하면서도 병동에서 삶의 의지를 발견했다. 시인은 이렇게 썼다.

붉은 해가
담벽에 걸리는 시간이면 나무들이
몸채로 빛나고 아무리 작은 움직임조차도
정적에 싸여 신성을 내뿜는다 나는 충만한
기다림으로 햇빛을 받고 있는 병동과
플라타너스와 의자들, 그리고 저만큼
하늘을 흔들며 날아가는 새들을
(이 세상에 존재하는 그것들을)
벅찬 가슴으로 본다

가을을 살면서 나를 지나가는 시간과 사람들을 조용히 바라본다. 그러기에 가을은 너무 알맞은 시간이다.

겨울

모든 시간은 바뀐다. 이동한다. 겨울의 혹한도 봄바람에 밀려날 것이다. 어려움 속에서도 소나무와 잣나무처럼 시들지 않는 것이 무엇인지 곰곰이 살펴볼 일이다. 머지않아 봄이 올 것이다.

은하 건너 별을 두고 살듯

이제 초겨울로 들어선 느낌이다. 멀리서 강설의 소식도 들려온다. 주변의 나무들은 낱낱의 잎사귀를 떨어뜨리고 섰다. 산은 웅크렸다. 들판은 비었다. 만물의 볼륨이 낮아지고 있다.

모과 몇 알을 얻어서 넓고 큰 그릇에 놓았더니 빈방에 향기가 햇빛처럼 내린다. 향기가 따뜻하다니! 모과 향은 이 겨울의 시간에 가만히 앉는다. 병마개를 채운 듯이 나를 채우고서. 그러나 부동不動은 참 어렵다. 몸도 마음도 떠다니니 말이다.

구름이 흘러 다녀도 하늘은 움직임이 없고,
배가 나아갈 뿐 강둑은 옮겨 가지 않네.
본래부터 한 물건도 없는데,
어느 곳에서 환희와 슬픔이 생겨나리오.

이 선시는 편양선사가 지은 것이다. 편양선사는 조선 중기의 스님으로 나이 열한 살에 출가해, 임진왜란이 끝날 즈음에는 서산대사의 법을 이어받아 수행한 것으로 알려져 있다. 구름이 골짜기에서 생겨나고, 또 뭉치고 흩어지며 이동해 산등성이를 넘어 멀리 가더라도 하늘은 변한 것 없이 그대로요, 배가 물을 따라가더라도 양쪽의 강둑은 제자리에 있다. 그렇다면 우리의 마음은 어떠한가. 본래 고요하고 맑은 성품의 자리에 있는 것이니, 기뻐하고 우는 일은 구름과 배의 일에 다름 아니라는 뜻이다. 읽어 그 뜻을 헤아릴수록 일품의 시다.

요즘엔 《낡은 옷을 벗어라》라는 책을 읽고 있다. 법정스님 원적 10주기 추모집인 이 책은 1963년부터 1977년까지 불교신문에 게재한 스님의 원고 68편을 모은 것이다. 스님은 이 시기에 불교신문 주필과 논설위원의 일을 하시며

지면에 글들을 실었는데, 법정이라는 법명 외에도 '소소산인' '청안' 등의 필명을 사용하셨다고 한다. 1932년, 전남 해남에서 태어나셨으니 세속 나이로 삼십 대 초반부터 사십 대 중반에 이르는 시기에 쓴 글들이다.

그때그때에 떠오르는 느낌이나 생각을 적은 글도 수록되어 있지만, 불교계를 향해서 한 고언들도 적지 않다. 승가 정신의 회복을 바라면서 승가의 정신은 회의會議에 근거를 두어야 하고, 이견이 있을 때는 건전하고 공정한 판단을 내걸 수 있는 중지衆智에 물어야 하며, 배타적인 태도를 버리고 공존의 윤리를 찾아야 한다고 하셨으니 이러한 말씀은 우리 시대에도 새겨들어야 할 것으로 이해되었다.

또한 대중성을 띤 역경譯經의 중요성을 강조한 대목도 인상적이었다. 경전을 번역하되 시대의 감각에 맞아야 한다는 당부였다. "언어는 사회의 풍속과 사유 방법을 혈맥처럼 지니고 있기 때문"이라고 그 이유를 밝혔다. 양자강의 줄기만큼이나 긴 역사를 지닌 중국의 역경 사업이 큰 성과를 얻을 수 있었던 것은 "구마라집鳩摩羅什의 유창한 번역, 진제眞諦의 정밀함, 현장玄奘의 충실하고 정확한 번역" 때문이었다고 진단했다.

대중에게 잘 알려진 대로 법정 스님은 무소유를 실천한 분이었다. 법정 스님은 "무소유는 단순히 아무것도 갖지 않는다는 것이 아니라 불필요한 것을 갖지 않는 것을 뜻한다"고 강조했다. 명성이 알려지자 강원도 산골 오두막에 거처를 마련해 살면서 홀로 밭을 일구며 수행했다. 2010년 3월 11일에 원적에 들면서 "금생에 저지른 허물은 생사를 넘어 참회할 것이며, 이제 시간과 공간을 버려야겠다"라는 말씀을 남겼다.

나는 마음이 산란할 때에 스님의 책들을 읽고, 또 스님의 법문을 듣는다. 버스와 지하철을 타고 이동할 때에도 스님의 생전 육성 법문을 유튜브 등을 통해서 듣는다. 정갈하고 염결하게 사셨던 스님의 삶의 철학이 고스란히 전해져 온다. 나는 스님의 말씀을 들음으로써 산란한 마음을 잠시나마 가라앉히려고 애쓴다.

직접 지으신 〈정물靜物-거리距離〉[28]라는 시 한 편을 옮겨 본다.

한 쟁반 위에
한 사과 알의 빛을

이만치서 바라보다
날 저물고

이제
과일이란
맛보다도
바라보는
그리움

은하銀河 건너 별을
두고 살듯…

—너무 가까이 서지 맙시다
—너무 멀리도 서지 맙시다

붉게 잘 익은 사과 한 알의 그 채색을 가만히 바라보신 적이 있었던 모양이다. 처음에는 그 빛깔에 마음을 두었지만, 또 그 맛에 마음을 두었지만 어느 순간부터는 이만치 떨어져서 바라보는 그 마음의 거리를 즐기게 되었다는 말씀일 테다. 그리고 그 거리에서 생겨나는 마음을 "은하 건너 별을 두고 살듯"이라 빗대었다. 들끓음이 사라진 마음일 것이요, 우주적인 마음을 일컫는 것일 테다. 너무 가까이에도 멀리에도 서지 않는 그 마음에서 고요와 적정이 생겨난다는 뜻일 테다. 그러니 이 마음은 편양선사가 지은 선시에서 언급한 하늘의 마음이요, 강둑의 마음이요, 한 물건 그 자체일 것이다.

법정 스님은 내면의 소리에 귀를 기울일 것을 누누이 강조했다. 스님은 책에 이렇게 쓰셨다.

> 가장 깊숙한 데서 나직이 들려오는 '내심의 소리'는 곧 우주 질서의 하모니이다. 먼 강물 소리 같은. 해서 구도자들은 무성처無聲處인 '아란야'를 찾아 숲으로 들어가는 것이다. 어떤 나라에서처럼 관광의 대상물이 되기 위해서가 아니라 오로지 내심의 소리를 듣기 위해서다. 거기 솔바람 소리와 시냇물 여음餘音, 그리고 숲속에 깃드는 새소리는 차라리 내심에로의 통로인 것이다.[29]

아란야는 고요한 수행처를 일컫는다. 그러나 이 아란야

는 우리 마음의 고요함까지 포괄하는 의미가 있다. 한 해가 지나가는 때이고, 또 곧 연말이 되면 송년의 모임들을 잦게 갖게 되겠지만 가끔은 가만히 자신의 내면으로 내려가는 통로를 찾아볼 일이다.

생각을 일으키는 순간 진짜를 잃어버리게 된다고 했다. 내면을 불타는 화로와 같게 하지 않아야 한다. 가쁘게 내고 쉬는 호흡을 차분하게 하고, 얽힌 생각을 간소하게 하면 내면으로 향하는 이 통로가 보인다. 마치 바람이 없는 연못에 물결이 쉬듯이 하면 내심의 소리가 들려온다. 그러면 한 알의 노란 모과에서 향기가 흘러나오듯이 우리의 내면으로부터 따뜻한 빛이 은은하게 흘러나올 것이다.

사람이 그리웠던 한 해를 보내며

한 해가 저물어가고 있다. 석양을 눈앞에 두고 있는 기분이다. 해를 넘기고 새해를 맞이하는 때이지만 크게 보면 해넘이와 해맞이로 달라질 것은 없다. 긴 인생의 여정에서 바라보면 지금은 수많은 언덕 가운데 하나의 언덕을 넘어서는 것뿐이다.

그러나 삶의 행로를 뒤돌아보지 않을 수는 없다. 한 언론사에서 찍은 사진 한 장을 바라보며 나는 올 한 해를 되돌아보았다. 플라스틱으로 만든 벽을 사이에 두고 어느 양로원의 할머니와 시설 관리 책임자가 서로 포옹하는 사진이었다. 비록 플라스틱 벽이 있지만 손바닥을 펴서 마주 대고, 또 얼굴을 비비는 모습이었다. 백발이 성성한, 늙은 할머니의 눈에는 눈물이 글썽이는 것 같았고, 시설 관리 책임자는 괜찮다, 괜찮다고 조용히 말하는 것 같았다. 플라스틱 벽을 사이에 둔 이러한 상봉과 위로의 방식이 올 한 해 우리 삶의 상징적 풍경이 아니었을까 싶다.

해장국이 나오길 기다리며 신문을 뒤적이다
누군가의 소식을 읽고,
아— 이 사람 아직 살아 있었구나!
놀라고 다행스러워하는 마음이 된다

허기가 힘을 내는 것이 우습다가
문득 또, 누군가 내 소식을 우연히 듣고
아— 그 사람 아직 살아 있었구나,
놀라길 바라는 실없는 마음이 돼본다

이영광 시인의 시 〈겁〉[30]의 일부분이다.

올해는 정말이지 다른 사람의 무사하다는 안부, 그것이

가장 반가운 소식이었다. 만나지 못하더라도 잘 있다는, 안녕하다는 그 전갈이 오면 더는 바랄 일이 없을 정도였다. 주변의 지인들과 통화하거나 문자를 주고받으면 늘 그 끝자락엔 "아프지 말고"라는 말이 따라붙었다. 올해는 유난히 사람이 그리웠던 해였다.

사적인 얘길 하자면, 어제 찍은 사진처럼 내게도 소중하고 마음이 산뜻해지고 인상적이었던 장면들이 있다. 우선 감귤 상자가 생각난다. 제주에 살면서 훈훈하게 느낀 것은 음식점마다 감귤 상자를 놓아둔다는 사실이다. 음식점들은 식사를 마친 후에 나가는 손님들을 위해 출입구 쪽에 감귤 상자를 놓아둔다. 물론 감귤 상자에는 둥글납작하고, 잘 익어 새콤달콤한 귤들이 담겨 있다. 수량의 제한 없이 드시고 싶은 만큼 드시거나 갖고 가시라는 것이다. 대개는 노지露地, 즉 비닐하우스가 아닌 한데서 수확한 것들이다. 나는 그 감귤 상자에서 참으로 후한 인심을 보았다. 귤이 비싸고 싸고의 문제가 아니라 그 넉넉한 마음이 참으로 좋았다.

소소한 행복도 있었다. 밭농사를 위해 호미와 낫과 예초기를 구매했다. 뽕잎과 은행잎, 감잎, 깻잎, 솔잎을 함께 덖어 만든다는 오경차와 화병의 생화, 향을 가까이 한 일도 의미가 있었다. 아주 오랫동안 거실에서 키워온 치자나무를 큰 화분에 옮겨 심은 일도 빙긋이 웃게 했다.

서산대사는 “눈 덮인 들길을 걸어갈 때 모름지기 발걸음을 어지럽게 하지 말라. 오늘 남긴 나의 발자국이 뒤에 오는 사람의 이정표가 되리니”라고 읊었다. 한 해의 잘못을 돌아보는 일은 이익이 있다. 내가 앞서가고 다른 사람이 나를 뒤따라오기도 하지만, 어제의 내가 앞서가고 내일의 내가 그 길을 뒤따라오기도 하기 때문이다. 올해를 돌아보면 개인적으로 아쉽고 부족했던 점도 많았다. 진각국사의 시에 또 이런 가르침이 있다.

> 항상 마음은 뚜렷하게 하고 입은 침묵하라. 어리숙한 사람과 도반을 하면 반드시 깨칠 것이다. 송곳처럼 뾰족한 생각을 감추게 하는 스승이 사람을 다루는 진정한 명수 아니겠는가.

하지 않았어야 하는 말을 끝까지 참지 못했다. 어떤 말들이 의중에 있었으나 지금 하지는 않겠다고 작심했지만 스스로 지켜내지 못했다. 그 말들은 대개 불화와 오해를 키울 뿐이어서 침묵하는 게 훨씬 나았다. “송곳처럼 뾰족한 생각”도 많았다. 날카롭고 불처럼 뜨거운 생각들에 휩싸였다. ‘듣는 귀’를 충분히 사용하지 못한 게 후회스럽기도 했다. 다른 사람의 맨 마지막 말까지 들어야 했는데 그러지 못했다.

어둠을 걷어내면서 해가 떠오르듯이 우리의 내면에 신선한 신생의 빛이 가득하고, 그 빛이 얼굴에 번지고, 무엇보다 그리웠던 사람을 만나 지내온 얘기를 서로의 앞에 부려놓았으면 좋겠다. 그런 새해가 왔으면 한다.

첫 마음

새해가 밝았다. 또 다른 한 해가 시작되었다. 눈이 내린 하얀 설원이 앞에 펼쳐져 있는 느낌이다. 새로운 시간에 새로운 길을 가는 것은 설레면서도 조금은 두려운 일이기도 하다. 그러나 새로운 시작의 때에는 새로운 의욕이 필요하다. 너무 지나치지도 않고 너무 부족하지도 않은 높이의 의욕이 필요하다.

새해가 시작되는 이때에는 우리의 생각이 귤나무 가지에 매달린 노란 귤처럼 신선한 높이에 있었으면 좋겠다. 귤나무 가지에 매달린 귤들은 모두 다 높이가 다르다. 그러나 땅바닥에 떨어져 있지는 않다. 저마다 높이를 갖고 저마다 빛을 받아 노랗게 익어가면서 달콤함을 가득 채운다. 우리가 바라는 여럿의 일들도 귤나무에 귤 달려 있듯이 했으면 한다. 낮은 단계의 계획도 있고, 높은 수준의 계획도 있지만 어느 것 하나 떨어지지 않고 매달려서, 가끔은 흔들릴지언정 귤의 알이 굵어지듯 계획한 일에 성취가 채워졌으면 한다. 어떤 의욕도 땅에 떨어지지 않은 채로. 어떤 전망도 포기하지 않은 채로.

새해에는 모든 사람이 조바심으로 너무 서두르지 않고, 맑은 시야로 가슴 깊은 곳에서 사랑을 길어 올리고, 조용하게 내면을 응시하고, 비상도 꿈꾸며 영원에 대해 생각하는 너른 안목으로 살았으면 좋겠다. 특히 우리들의 사랑이 살아 우리들의 혈관을 흘렀으면 좋겠다.

새해 해맞이를 하러 많은 사람이 바닷가로 가고, 또 높은 산봉우리에 오른다. 거기서 우리는 일출의 장관을 만난다. 바다를 건너 산등성이를 넘어오는 빛을 본다. 빛을 바라볼 적에, 해변과 골짜기와 들판과 마을에 쏟아지는 그 빛을 바라볼 적에 탄생하는 환함을 우리의 마음에도 들였으면 좋겠다. 우리의 인심도 빛으로 채워 넉넉하게 한 다음, 빛의 언어를 사용하고 빛의 표정을 짓고 살았으면 좋겠다. 그리고 내게 남은 빛을 가족에게 이웃에게 나눠주었으면 한다. 나눠줘도 줄어들지 않는 것이 빛이다. 횃불의 불씨를 다른 이에게 옮겨도 내 횃불의 크기가 줄어들지 않는 것처럼.

새해 아침이면 나는 새해에는 어떤 마음으로 살지 고민한다. 그리고 그 고민에 부합하는 문장을 골라 생활의 지침으로 삼으려고 한다. 올해는 "작은 풀이여, 당신의 발걸음은 작지만 당신은 발아래에 대지를 가지고 있습니다"라는 문장을 선택했다. 이 문장은 타고르의 시구이다. 타고르는 1861년 출생으로 8세부터 시를 쓰기 시작했고, 16세 때에 첫 시집을 펴냈다. 1910년에 출간한 시집 《기탄잘리》로 1913년에 노벨문학상을 받았다. 총 2,000여 편의 시를 세상에 남기고 80세의 나이로 세상을 떠났다.

이 시구는 우리의 존재 근거에 대해 생각하게 한다. 이 아름다운 시구는 우리가 비록 유약한 풀에 불과할 수 있지만 배후에 큰 대지와 같은 것을 지니고 있다고 말한다. 《열반경》에서 "마치 소금이나 꿀이 어디에 섞이더라도 본성이 살아 있는 것처럼, 어떤 번뇌에 섞이더라도 밝은 자신의 성품, 즉 자성은 존재한다"라고 말했듯이 대지는 관용과 너그러움과 인내와 배려하는 마음의 은유적 표현일 것이다.

우리 내면에 이처럼 대지가 있다고 여긴다면 스스로 신뢰할 수 있고, 또 어떤 일이 닥쳐도 자신을 잘 지킬 수 있을 것이다. 무너지지 않는 성城처럼. 또한 이처럼 여긴다면 다른 사람에게도 존재의 바탕에 대지가 있음을 믿어 다른 사람을 해치는 일이 없을 것이다. 내가 나를 소중하게 여기는 것처럼 다른 사람도 똑같은 생각을 갖고 있다는 것을 알아서, 생명의 가치가 동등하다는 것을 알아서 다른 사람을 해롭게 하지 않을 것이다.

난초에 새로이 촉이 나듯이 새해를 맞아 갖게 되는 첫 마음을 가만히 가다듬어본다.

수선화와 매화

제주에서는 어느 곳에서나 금방 푸른 바다에 이를 수 있고, 또 어느 곳에서나 한라산을 우러를 수 있는데, 요즘 한라산 고봉에는 흰 눈이 덮여 빛난다. 그 초연한 듯한, 고상한 듯한 설산을 매일 바라볼 적에는 신령한 기운을 조금은 느끼게 된다. 김종길 시인이 북한산을 바라보면서 '고고孤高한 높이'라는 표현을 썼는데, 어제오늘 한라산의 설산을 바라보면서 시인의 그 표현이 매우 적절하다고 느끼게 된다.

그러나 매일 오가는 한파에도 불구하고, 한라산이 거느리고 있는 협곡과 오름과 평원에서 수선화가 꽃봉오리를 맺고 또 터뜨리기 시작했다. 집집의 돌담 아래에 이 수선화를 심어놓고 수선화의 개화를 완상함으로써 오싹한 한파를 몰아내기도 한다. 한 편의 시로 수선화의 개화를 표현한 이들 가운데에는 추사 김정희도 있다.

> 술은 푸르고 등불은 파랗다 낡고 허름한 띠집 속에
> 수선화 중얼중얼 영롱한 옥玉이로세

이 시는 추사의 시 〈설야우음雪夜偶吟〉의 일부이다. 눈 내리는 밤에 홀로 앉아 피어난 수선화를 가만히 바라보며 우연히 생겨난 여러 겹의 심사를 읊은 시라고 하겠다. 거처하는 처소의 적적함과 함께 풀로 지붕을 얹은 집의 바깥에 몰아치는 한기, 그리고 흰 눈이 쌓인 것과 수선화의 곱고 순수하며 청아한 빛깔이 대비적으로 읽히는 시이기도 하다. 동시에 맑은 마음의 광채를 지니려는 추사의 의지도 함께 읽힌다.

수선화의 개화도 개화이지만 어느새 남부 지방에서 매화가 피었다는 소식이 들려온다. 매화꽃 소식을 들을라치면 다산 정약용의 시 또한 떠올리지 않을 수 없다.

펄펄 나는 새야, 내 뜰의 매화나무에서 쉬어라
향기도 진하니 은혜로워라, 어서 오너라
여기에 올라 여기에 깃드니, 네 집이 즐거우리라
꽃이 아름다우니, 열매도 많으리라

물론 이 시는 자녀의 행복을 바라는 마음이 담겨 있지만, 계절 감각 또한 돋보이는 시라고 하겠다. 겨울의 한복판에서 봄의 노래를 부르는 것이 좀 이른 듯도 하지만, 나도 그 어느 해 겨울의 꽝꽝 언 날에 꺼지지 않는 생명의 빛에 대해 시를 적은 적이 있다. 졸시 〈겨울 엽서〉를 통해서였다.

오늘은 자작나무 흰 껍질에 내리는 은빛 달빛
오늘은 물고기의 눈 같고 차가운 별
오늘은 산등성이를 덮은 하얀 적설積雪
그러나 눈빛은 사라지지 않아
너의 언덕에는 풀씨 같은 눈을 살며시 뜨는 나

자작나무숲에 달빛이 내리고, 동천冬天을 머리에 이고서 살고, 또 눈이 내려 땅을 하얗게 덮었지만 풀씨와도 같은 생명의 운동과 에너지는, 그 불꽃은 사그라지지 않아 얼어붙은 땅에서도 살며시 눈을 뜨려고 한다고 썼다. 불과 얼마 전 눈이 소복하게 내린 아침을 맞았고, 눈보라가 요란하게 치는 시간을 살았고, 추위에 몸을 오들오들 떨었지만 그러는 가운데서도 수선화가 피어나고 매화가 화사하게 피어났듯이 말이다. 잔설이 녹지 않고 한쪽에 남아 있지만, 추위는 기세가 한풀 꺾이고 얼음도 그 두께가 얇아지고 있는 것이다.

겨울 풍경은 이제 균형을 잡고 걸려 있다.
고르곤의 눈에서 나온 파랗게 번쩍이는 빛에 얼어붙어.
스케이트 타는 이들은 인상적인 돌 그림 안에서 갑자기 멈췄다.

공기는 유리로 변하고 하늘 전체는
기울어진 도자기 그릇처럼 부서지기 쉽게 되었다.
언덕과 계곡은 줄을 맞추어 경직되어 있다.
(중략)
호수는 크리스털 유리 상자에 갇혀 있다.
하지만 우리가 얼음이 어떻게 변할지 궁금해할 때

생명의 노래를 부르는 새들이 모든 바위에서 솟아오
른다.

이 멋진 문장들은 실비아 플라스의 시 〈봄의 서막〉[31]의 시구들이다. 시인은 겨울이 봄으로 옮겨가는 것을 경직된 것이 풀어지는 것이라고 이해한다. 그리하여 봄의 때에는 생명의 새들이 뻣뻣해진, 견고한 바위에서 솟아오른다고, 날아오른다고 썼다. 이때의 바위는 경직된 겨울의 시간으로 읽어도 무방할 것이다. 어쨌든 움츠려서 위축되고 굳어진 어떤 것이 점차 펴지고 유연해지는 것, 그것이 봄의 시작이라는 뜻일 테다.

우리는 머잖아 겨울 공터에 홀로 서 있던 눈사람을 떠올리게 될 것이다. 융통성이 없는 겨울날의 일들도 회상하게 될 것이다. 어쩌면 수선화와 매화는 지난겨울로부터 온 서신書信을 우리에게 전해주면서 피어나고 있는지도 모르겠다.

대한大寒의 큰 추위로부터 입춘立春의 고운 햇살 속으로 옮겨갈 때면, 우리의 마음도 생활도 봄이 서는 곳으로 조금씩 조금씩 이동해갔으면 한다.

어머니의 만학

어머니를 다룬 시 가운데 대표적으로 손꼽히는 것은 위당 정인보의 〈자모사慈母思〉이다. 총 40수의 시조로 구성된 이 시는 자애로운 어머니를 생각하는 노래라는 의미이다. 그 가운데 〈자모사 12〉는 이렇다.

바릿밥 남 주시고 잡숫느니 찬 것이며
두둑히 다 입히고 겨울이라 엷은 옷을
솜치마 좋다시더니 보공補空되고 말어라

따뜻한 밥은 남을 주시되 어머니 당신은 찬밥을 드시고, 겨울에는 자식들을 따뜻하게 입히시되 어머니 당신은 얇은 옷으로 추위를 견디시고, 솜치마를 아끼시더니 보공으로 사용하고 말았다는 내용의 노래이다. 보공은 죽은 사람의 몸이 관 안에서 움직이지 않도록 옷을 채워 넣는 것을 뜻하는데, 대개 이 보공은 망인亡人의 옷으로 한다. 다른 사람과 자식들을 위한 어머니의 희생을 생각하게 하는, 절로 눈시울이 붉어지는 시이다.

어머니의 말씀은 그 자체가 훌륭한 시구詩句인 경우가 많다. 삶의 원형을 담고 있기 때문일 것이다. 말씀이 조금은 투박하지만 매끈하게 잘 다듬어진 그것보다 훨씬 마음을 움직이게 한다. 그래서 뒤늦게 한글을 배우고 시를 배워 처음으로 쓰신 어머니들의 작품을 보노라면 깜짝 놀랄 때가 많다.

여든 살 즈음에 글과 그림을 배운, 스무 분의 순천 어머니들이 펴낸 그림일기 책을 본 적이 있다. 가난 때문에, 사는 일에 숨이 가빠서 배우지 못하다가 연세가 드셔서야 글을 배우고, 그리하여 이름과 주소를 직접 쓰게 되었고, 더 용기를 내서 그림을 배운 어머니들의 글과 그림은 감동 그

자체였다. 책에서 안안심 어머니는 당신에 대해 이렇게 소개했다.

내 이름은 안안심입니다. 나이는 78세입니다. 태어난 곳은 보성군 웅치면 삼수마을입니다. 4남 2녀 중 큰딸입니다. 어릴 때 별명은 '봉숭아꽃'이라고 불렸습니다. 장독대 봉숭아처럼 예쁘다고 했습니다. 성격은 차분하고 속이 깊은 편입니다. 얼굴은 둥글고 체격은 보통입니다. 가장 부러운 사람은 야무지게 말 잘하는 사람입니다. 앞으로 소원은 건강하게 공부하는 것입니다.[32]

깨끗한 동심이 일흔여덟의 연세에 이르도록 그대로 보존된 듯한 문장이었다.

얼마 전 홍성군에 갔을 때 전만성 화가를 뵐 기회가 있었다. 전만성 화가는 홍성 마을 만들기 센터에서 주관하는 '창조적 마을 만들기' 사업에 참여했다고 했다. 농한기인 작년 12월에서 올해 1월 중순까지 열다섯 차례에 걸쳐 홍성군 장곡면 천태리 마을 어르신들을 대상으로 이야기 그림 그리기를 지도했다고. 처음에는 열네 분으로 시작했지만 마지막 수업까지 마친 분은 예닐곱 분이었고 그 성과를 책으로 묶었다 했다.

나도 부탁을 드려 책 한 권을 받을 수 있었다. 전만성 화가는 "어르신들의 그림이 작위성을 초월한 놀이의 즐거움을 보여준다"고 평가했다. 그림에 문외한인 내가 보아도 어르신들의 그림은 재미있고 활기차고 유쾌했다. 어르신들은 천태리의 소나무, 설날의 세배 풍경, 집 마당의 화단, 암탉과 수탉과 병아리, 여름과 가을날의 산과 나무, 집과 가족, 기르는 소 등을 그렸는데 색조도 다르고 색의 배합도 독특했다.

또 어떤 그림은 봄처럼 화사했다. 어르신들 가운데에는 "잠이 안 올 때 그림 그리니 좋던데!"라며 이야기 그림 그리기 수업이 끝나는 것을 못내 아쉬워했다고 했다. 전만성 화가는 아주 작은 것에도 기뻐하며 즐거워하는 어르신들의 천진함이 자신의 모난 마음을 달래주었고, 순수한 조형성과 창조성을 보여준 어르신들의 그림을 접하면서 화가로서 오랜 시간 찾던 답을 알게 됐다고 했다. 그러면서 한 어르신이 쓰신 편지를 보여주었다.

아들에게. 너에게 할 말이 많았는데 막상 펜을 잡고 보니 할 말이 없다. 지난번에 집에 다녀간 후로 열심히 근무하고 있는지? 집 생각은 잠시라도 하지 말고 네 직장에 충실해라. 이곳은 엄마의 덕분에 매사가 잘 되어가고 있으니 염려치 말아라.

짧은 편지였지만 자식을 걱정하는 어머니의 마음이 잘 담겨 있는, 순정한 문장들이었다.

만학이지만 시도 쓰고 그림도 그리면서 당당하게 자신을 표현하는 어머니들의 사연은 영화로 제작되기도 했다. 다큐 영화 〈시인 할매〉 〈칠곡 가시나들〉이 개봉돼 화제가 되기도 했다. 경북 칠곡군 약목면 복성2리에 사는 강금연 어머니와 동네 어르신들은 두 권의 시집을 펴내며 시인이 되었다. 전남 곡성군 입면 탑동마을 어머니들도 한글을 배워 시를 짓고 그것을 시집으로 묶었다. 1937년에 태어난 윤금순 어머니가 쓴 시 〈눈〉[33]은 아주 좋았다.

사박사박
장독에도

지붕에도

대나무에도

걸어가는 내 머리 위에도

잘 살았다

잘 견뎠다

사박사박

화려하지는 않지만 기교를 버린 시였다. 삶의 기록과도 같은 시였다. '사박사박'은 눈을 가볍게 밟는 소리나 모양이다. 하얀 눈이 내린 곳은 장독과 지붕과 대나무, 그리고 당신의 머리 위이다. 장독과 지붕과 대나무에 내린 눈은 적설로서 띠는 흰빛일 것이고, 당신의 머리 위에 내린 눈은 무상한 세월의 흘러감으로 인해 생겨난 흰 머리칼을 뜻하는 것일 테다. 그리하여 "잘 살았다/ 잘 견뎠다"와 같은, 스스로 넉넉하다고 느끼고 만족하는 절창의 시구가 읽는 이의 가슴을 꽉 채우는 듯 북받치는 문장으로 받아들여지는 것일 테다.

어머니는 평소에 큰 사랑을 가르치시지만, 만학을 통해 짓고 그린 매우 개성적인 작품들을 통해서 훼손되지 않은 깨끗한 마음을 다시 한번 우리에게 가르치신다. 만학하는 어머니들은 우리에게 학교이다.

혼자의 시간

혼자의 시간이 길어지고 있다. 코로나 대유행이 가시지 않고 있기 때문이다. 예전처럼 약속을 잡을 수도 없고, 한꺼번에 여럿의 사람을 만날 수도 없다. 한 공간을 함께 공유하던 때가 그립다. 그러면서 동시에 혼자의 시간은 자신을 돌아보는 시간이 되기도 한다. 단지 고립의 시간을 넘어서서 자신의 삶을 돌아보게 되는 것이다. 자신을 돌아보는 혼자의 시간은 자신을 치유하는 시간이기도 한 까닭에, 코로나 대유행이 몰고 온 삶의 변화가 어쩌면 우리 사회의 내일의 모습으로 점차 뿌리내리지 않을까 싶기도 하다.

혼자의 시간에 명상과 요가를 즐기는 사람들도 부쩍 늘어났다는 소식을 접했다. 이에 따라 유명 호텔에서도 이를 응용한 프로그램을 내놓고 있다고 한다. 가령 티베트와 네팔 등에서 명상 도구로 널리 활용되어 왔던 '싱잉볼'을 활용한 명상 프로그램이 일례가 될 것 같다. 싱잉볼은 노래하는 그릇이라는 의미이다. 싱잉볼 소리를 들으며 하는 명상 시간에 관심과 호응이 이어지고 있는 것이다.

최근 뉴스에 따르면 독서량도 상당히 늘었다. 특히 문학 관련 도서를 찾는 소비자들이 꾸준히 증가하고 있는 추세다. 코로나 장기화로 인한 우울감 등을 극복하기 위한 방법으로 시, 소설, 힐링 판타지 장르의 책을 읽는 사람이 많다는 얘기다. 공감과 위로의 장르인 문학 분야 도서들이 구매에 있어서 강세를 보이고 있는 현상은 혼자의 시간이 몰고 온 또 하나의 경향이라고 할 수 있겠다.

성인 독자들 사이에서 그림책 인기가 높은 것은 더더욱 주목할 만하다. 나도 올해에 두 권의 그림책을 번역해서 출간했다. 하나는 달라이 라마 존자의 첫 번째 동화를 번역한 책이었고, 또 하나는 내향적인 사람들을 위한 그림책이었다.

그림책을 함께 읽는 어른들의 모임이 전국적으로 생겨나고, 이보다 더 용기를 내서 그림책을 직접 만들어보는 일에 도전하는 어른들도 증가하고, 이에 맞춰 그림책 전문 서점도 곳곳에서 개점한다고 하니, 가히 어른들 사이에 그림책 열풍이 신선하게 불고 있는 것이다.

그림책 전문가들은 어른들이 그림책을 읽으며 자신의 안에 살고 있던 아이를 다시 만나게 되고, 그 경험을 통해 어른으로서 지금 짊어진 삶의 무게를 잠시 잊게 되는 것이 행복감으로 연결된다고 분석한다. 그림책에서 발견할 수 있는 느릿함, 호기심, 재치와 웃음, 어린 시절의 추억, 탐험, 통쾌함, 원색의 그림 자체가 주는 싱그러움 등에서 새롭게 매력을 느낀다는 것일 테다. 그러나 이와 같은 열풍의 또 다른 이면에는 힐링과 치유에 대한 적극적인 관심이 있고, 혼자의 시간이 우리의 일상적인 패턴으로 자리 잡아가고 있기 때문일 것이다.

불교의 경전도 혼자의 시간을 잘 단속할 것을 당부한다. 《법구경》에는 "자기 자신을 주인으로 삼고, 자기 자신을 귀의처로 삼아라. 조련사가 말을 잘 다루듯이 자신을 잘 다스려라"라는 말씀이 있다. 또 "자신을 사랑한다면 자기 자신에 대해 늘 살펴라. 지혜 있는 사람은 하루 세 번 자신을 관조한다"라고 이를 정도이니, 마음 챙김과 자아 성찰의 중요성은 거듭거듭 강조해도 지나침이 없을 것이다.

《출요경》에서 "먼저 자기 몸을 바로 하고 난 뒤에 남을 바로잡아라. 자기를 바로 한 사람을 '가장 수승한 자'라고 일컫는다"라고 설하신 것도 수행의 처음이 혼자인 시간에 자신을 돌아보는 일에 있다는 뜻일 테다.

옛 사람의 시간

텔레비전 드라마를 보다가 서재 한쪽에 꽂혀 있던 한 권의 시집을 꺼내 읽게 되었다. 이성복 시인이 펴낸《그 여름의 끝》이라는 시집이었다. 1990년 6월 1일에 초판이 나왔으니 출간된 지 거의 30년이 지난 시집이었다. 내가 지니고 있는 시집은 이제 많이 닳아서 떨어졌고 군데군데에 얼룩이 졌다.

나는 이 시집을 꽤 여러 권 샀던 기억이 있다. 아는 분들에게 선물로 주기도 했고, 스스로 잃어버리기도 했다. 그리고 지금 내가 갖고 있는 것은 군대 생활 때에 휴가 나와서

다시 산 것이다. 시집에 실려 있는 시 〈그대 가까이 2〉[34]가 1990년대 중반 무렵 한 대학의 선후배 사이에 있었던 옛사랑의 시간을 되짚어가는 드라마에 소개되었다. 시의 일부분은 이러하다.

자꾸만 발꿈치를 들어보아도
당신은 보이지 않습니다
(중략)
우리는 만나지 않았으니
헤어질 리 없고 헤어지지
않았어도 손 잡을 수 없으니
이렇게 기다림이 깊어지면
원망하는 생각이 늘어납니다

이 시집 뒤쪽에 실린 해설의 글에는 "사랑과 고통의 체험을 가진 사람만이 음악을 이해한다"라는 장 클로드 피게의 문장이 실려 있고, 해설자는 이 시집의 시편들이 "쓸쓸하지만 아름다운 사랑 노래들의 악보"라고 적었다. 나와 타자에 대한 진정한 사랑의 어려움을 현란한 수사를 동반하지 않고 평이하게 드러내지만 뛰어난 서정성을 동시에 갖고 있는 시편들이 바로 이성복 시인의 작품이라는 평가가 있었는데, 드라마에서 주인공이 이 시집의 시 구절을 읊는 것을 보는 일은 신선하고 반가웠다.

그리고 이 시집을 펼쳐 읽는 시간도 나에겐 행복했다. 무엇보다 이 시집 해설문에 함께 인용된 "사랑의 체험은 남의 말을 듣기 위해 필요하고 고통의 체험은 그 말의 깊이를 느끼기 위해 필요하다"라는 문장을 나는 며칠 동안 곰곰이 생각해보게 되었다.

고통과 사랑의 체험은 문학이 다뤄온 아주 오랜 화두 같은 것이다. 문학뿐만 아니라 우리의 삶 자체가 고통과 사랑이라는 체험의 연속이다. 그 체험은 인생이라는 책의 갈피 속에 끼워져 있다. 우리는 이 고통과 사랑의 체험을 통해 보다 자아가 성숙하게 되고, 또 다른 존재에 대한 이해의 정도를 넓혀간다. 그리고 이 고통과 사랑의 체험 한가운데에는 옛 사람의 시간이 있다.

옛 사람의 시간을 떠올릴 때 옛 사람은 누구나 될 수 있다. 가족 혹은 학교 교실에서 함께 공부했던 친구, 한때의 직장 동료도 우리의 옛 사람이 될 수 있다. 그리고 그 옛 사람은 그 시절로부터 멀어질수록 조금씩 다른 모습으로, 조금 더 흐릿한 윤곽으로 존재한다. 그 옛 사람은 슬픔과 기쁨의 옷을 번갈아가며 입고도 있다. 옛 사람의 시간에 아주 많은 것이 들어 있음은 물론이다. 그때 그 시절의 사회 상황, 유행가와 옷차림, 찾아갔던 장소, 독특한 습관, 말씨와 마음씀씀이 등을 망라한다. 한 사람에 대한 기억은 이런 것들로 구성되기 때문이다.

과거로의 회고가 퇴행적이라고 여기는 사람도 있을 것이다. 그러나 굳이 과거의 시간을 회피하거나 부정할 이유가 없고, 또 그렇게 할 수도 없다. 땅으로부터 뿌리 뽑힌 꽃나무는 더 자랄 수 없다. 우리는 과거의 시간으로부터 줄기와 잎과 꽃을 얻게 된 꽃나무와도 같은 존재다. 그러므로 우리는 옛 시간을, 옛 사람의 시간을 함께 살면 된다.

코로나 사태 이후 우리는 비대면이라는 새로운 세태를 경험하고 있지만 동시에 대면에 대한 그리움과 소중함도 새삼 함께 느끼고 있다. 어쩌면 우리는 지금 더불어 살아야 할 개인을 경험하고, 또 타인과 어울려 살았던 과거를 되돌아보는 때를 살고 있다고 말하는 게 적절할지도 모른다. 이 시간을 '옛 사람의 시간'이라고 불러도 좋을 것이다.

항아리 2

집 마당에는 항아리가 몇 개 있다. 고향 시골집에서 얻어 온 것부터 새로 산 것까지. 내 집으로 항아리가 오게 된 사연은 제각각이지만, 아래위가 좁고 배가 부른 채 기울어 넘어질 듯 불안해 보이지만 결코 스스로 옆으로 넘어진 적 없이 안정적인 자세를 갖추고 각각의 쓰임에 맞게 앉아 있다. 땅에 묻혀 있는 항아리도 있고, 한데에 내놓은 것도 있다.

얼마 전에는 두 개의 항아리를 새로이 땅에 묻었다. 땅을 깊게 그리고 동그랗게 파서 항아리의 목만 땅 바깥으로 나오게끔 항아리를 묻었다. 김치를 넣어둘 생각에서였다.

항아리 안을 한 번 더 깨끗하게 닦고 물기를 말리고 조심스럽게 땅속에 내려놓았는데, 불과 얼마 지나지 않아 손을 저으며 항아리 속의 온도를 가늠해보니 제법 서늘해져 있어서 참으로 신기한 느낌마저 들었다. 김치를 넣고 뚜껑을 덮은 뒤 항아리 주변의 흙을 정리하고 나니 마치 곳간 하나를 얻은 듯 기분이 풍성하니 좋아졌다.

김장 김치를 넣어두려 항아리를 묻는 일은 내 아버지께서도 해마다 하셨던 일이었다. 삽과 곡괭이로 뒷마당의 땅을 파서는, 정말이지 집채만 한 둥근 항아리를 묻었다. 겨우내 식구들이 먹을 김치를 넣어두기 위해서였다. 식구가 많았으므로 김치의 양도 많았고, 해서 항아리도 큰 항아리가 필요했다. 아버지께서 항아리를 묻을 땅을 파는 동안 나는 쪼그리고 앉아 지켜보았는데, 좀 과장되게 말하자면 아버지께서는 땅을 파면서 땅속으로 내려가 당신의 정수리가 안 보일 정도에 이르렀을 때 항아리를 묻을 깊이를 얻으셨다.

항아리는 내놓았을 때에도 뭔가 넉넉해 보이고 인심이 좋아 보이지만 땅에 묻었을 때에도 까탈스럽지 않고 푸근하다. 나는 항아리 속에 머리를 넣고 여러 소리를 내보기도 했는데, 항아리 내부에서 울리는 그 소리는 산울림보다 훨씬 울림이 크고, 곧바로 내 목소리를 받아주고, 내 목소리를 굵은 저음의 어른 목소리로 만들어주었다. 물론 그게 신기해 너무 여러 번 하다 제지를 당했지만.

어릴 적에는 큰눈이 많아서 아버지께서는 눈 온 아침에 일찍 일어나 싸리의 가지를 묶어 만든 빗자루로 하얀 눈을 쓸어 항아리가 묻혀 있는 곳까지 이르는 길을 내놓으셨다. 그러면 나는 또 그 길을 따라 항아리에 갔다 돌아오곤 했다. 어느 정도 컸을 때는 어머니께서 저녁밥을 지으면서 묻어둔 항아리에 가서 김치 좀 꺼내 오라며 큰 대접을 내미시기도 했다. 그 말씀에 따라 깜깜하고 추운 겨울 저녁에 항아리 뚜껑을 열고 항아리 속에 손을 넣어 차가운 김치를 덜어내오던 일이 자주 있었다. 그 맵고 시원한 김치의 맛은 아직도 잊을 수 없다.

내 어머니의 항아리 사랑은 유별날 정도이다. 이사를 여러 번 했지만 깨지지 않고 아직도 시골집 장독대에 앉아 있는 항아리도 여럿이다. 된장을 담을 때는 물론이고 뭔가를 넣어 보관할 때에도 항아리를 이용하셨고, 수시로 물로 씻어 항아리를 깨끗한 상태로 두셨다. 항아리를 다시 사용하실 때에는 짚단에 불을 붙여 항아리의 내부에 불기운을 한 차례 넣은 다음에 사용하셨다.

그러나 지금 내 집에 있는 항아리들 가운데 내가 제일로 좋아하는 항아리는 아무것도 담기지 않은 채 텃밭에 그냥 던져놓듯 놓아둔 항아리이다. 이 항아리는 속이 텅 빈, 작은 항아리이다. 쓸모를 찾지 않고 우연히 그냥 두게 된 항아리인데, 비가 갠 어느 날 아침에 보니 까치 한 마리가 이 항아리에 와서는 긴 부리로 물을 마시고 가는 것이었다. 그게 그 한 마리만 하는 일이 아니라 다른 까치, 다른 종류의 새들도 이 항아리에 와서 물로 목을 축이고 갔다. 항아리에 고인 빗물은 섞인 검불이나 더러운 것이 가라앉아 맑고 고요함을 띠고 있었다. 마치 작은 못처럼, 마치 무심과 무욕의 마음처럼 그렇게 놓여 있었지만 여태까지 나는 그것을 모르고 있었다. 그 후로는 이 항아리에 더 큰 매력을 느끼는 것이었다.

항아리는 하나의 우주에 견줄 만했다. 항아리에는 고운 햇살이 담기고, 바람이 들어가고, 빗방울과 눈송이가 담긴다. 닭과 꿩이 우는 소리와, 강아지가 짖는 소리와, 누군가가 다른 사람의 이름을 부르는 목소리와, 환호의 음성이 함께 담긴다. 물이 쌓여서는 하늘을 담아내고, 이동하는 구름을 수면에 비쳐 보인다. 바람이 격렬하게 회오리처럼 돌다 나가는 때가 있고, 땡볕에 항아리 속이 끓을 때가 있고, 혼자 달빛을 받으며 가을밤에 쓸쓸히 앉아 있는 때도 있다. 그러므로 이 항아리는 하나의 우주요, 또 어느 때에는 내 마음도 이 항아리와 같아 보여서 내면처럼 여겨지기도 하는 것이다.

항아리를 바라보면 채우는 일과 덜어내는 일, 혹은 비우는 일에 대해 생각하게 된다. 격정적인 것과 고요한 것에 대해 생각하게 된다. 항아리를 바라보는 일은 그래서 잠깐잠깐씩 내 마음을 들여다보는 일이 되기도 한다. 물건이지만 오랜 시간 정을 붙이고 마음을 주고받다 보면, 하나의 물건은 단순한 물건 그 자체가 아니게 된다. 공부와 수행의 대상이 되기도 한다. 내게는 항아리가 그러하다.

마음의 보호자

우리가 어떤 것을 자주자주 반복해서 생각하면 그것은 어느새 우리 마음의 성향이 된다. 서양의 대표적인 수행자인 조셉 골드스타인은 마음 챙김을 "마음 옆에 서는 것"이라고 말한다. 그리고 이어서 "마음속에 무엇이 일어나는지 흘깃 보는 것이 아니라 정면으로 직면하여 보는 것"이라고 설명한다.

내가 이해하는 마음 챙김은 내 마음에 무슨 생각이 일어나는지 아는 것이다. 고통스럽거나 유익하지 않은 생각들이 일어나면 그러한 생각들이 일어나고 있음을 알아서 그러한 생각들을 물리치는 것이다. 마음 챙김을 '마음의 보호자'라고 일컫는 이유도 여기에 있을 것이다.

마음 챙김 수행은 세계적으로 보급되고 있다고 한다. 구글의 경우에는 마음 챙김을 도입한 '내면 검색 프로그램'을 실시하고 있다고 한다. 또 2010년부터 저명한 명상가인 마크 레서를 영입해 마음 챙김을 비즈니스에 활용하고 있다고도 한다.

마음 챙김에서는 '걸을 때는 단지 걷기만 하라'고 가르친다. 순간순간에 집중해서 단지 현재에 살라는 것이다. 이것은 자신을 복잡한 상태에서 단순한 상태로 만드는 일이기도 하다. 이것은 스스로 고요함을 얻는 일이기도 하다. 조셉 골드스타인은 금욕의 마음 챙김을 통해 마음을 정화할 수 있다고 말하면서, 금욕적인 수행은 "번잡함과 어수선함과 세속의 욕망을 버려 맑음과 순수함, 단순함, 만족을 얻는 것"이라고 언급한다. 마음 챙김을 통해 마음을 유연하게 하고 생기와 긍정의 힘을 회복하면 어떨까 한다.

덕담

설을 쇠며 가까이 모시는 어른들께 덕담을 들을 기회가 있었다. 덕담은 잘 되기를 비는 진솔한 말씀이고, 연륜에서 얻은 지혜의 말씀이기도 할 것이다.

한 어른께서는 “말은 씨가 된다고 생각해야 해요. 또 허물은 나한테 있다고 생각하면 말썽이 없어요”라고 말씀을 주셨다. 입은 마음의 말을 표현하므로 늘 조심해야 한다. 입 속에 도끼가 있다고 하지 않던가. 고의로 다른 사람을 비방하지 않아야 한다는 경계의 말씀을 덧붙이셨다. 조금은 평범한 듯도 했지만, 행동으로 옮기기에는 어렵다는 생각이

드는 말씀이었다.

또 다른 어른께서는 '자실인의慈室忍衣'라는 글귀를 소개해주셨다. 자비와 사랑을 집으로 삼고, 인욕忍辱을 옷으로 입고 살라는 가르침이었다. 여름날의 큰 나무가 시원한 그늘을 나눠주듯이 살라는 말씀과, 참고 견딤은 큰 배와 같아서 험한 바다를 건너가게 한다는 말씀을 함께 들려주셨다.

음력으로 따지면 오곡밥을 먹거나 부럼을 깨물거나 귀밝이술을 먹는 정월대보름이 모레이다. 첫 보름달을 보면서 한 해의 풍요와 행복을 빌고 마음에도 밝은 빛을 넘치도록 담는 때이다. 나는 이즈음이면 작은 동산에 올라 환한 달을 바라보면서 한껏 마음이 부풀어 설레던 어릴 적 나를, 구김살 없이 깨끗한 마음으로 달빛 아래 서 있던 나를 다시 만나기도 한다.

음력으로 한 해의 첫째 달인 정월에 새해 할 일과 뜻을 세우고, 어른들로부터 예지의 덕담을 듣기도 하지만, 사실 우리는 모든 것으로부터, 또 언제든지 덕담을 들어 마음에 새길 수 있다. 덕담은 꼭 그 시기가 정해져 있지도 않다. 뿐만 아니라 매일매일의 삶으로부터, 또 그 삶의 구체적인 내용인 고통과 기쁨으로부터 덕담을 들을 수 있다.

최근에 한 시인의 산문집을 읽었는데, 그 책에는 〈오늘부터 1일〉이라는 제목의 짧은 글이 실려 있었다. 시의 형식을 빌려 쓴 그 문장들은 다음과 같았다.

담배 줄이기
산책하기
하루에 한 끼는 요리해서 먹기

어디 아프냐고 물으면 괜찮다는 말로 얼버무리지 말고
아픈 데를 말하기

서로 엇갈려도 부딪쳐보기
낮과 밤이 만나는 저녁처럼

나는 이 문장들을 읽으면서 나에게 오늘이 첫날이라면, 오늘부터 1일이라면 어떤 것을 새롭게 작정할 것인지 되물어보았다. 누군가 나에게 어디 아프냐고 물으면 아픈 데를 숨기지 말고 말해야겠다는 생각이 들었다. 하고 싶지 않으면 하고 싶지 않다고 말하고, 내가 감당할 수 없는 일은 감당할 수 없다고 밝혀야겠다는 생각이 들었다. 사실 우리는 누군가에게 어떤 것을 강요하거나 혹은 누군가에게 강요받기도 하는데, 꼭 그렇게 서로에게 해야 할 당위 같은 것이 딱히 없는 경우가 많다. 이런 생각에까지 이르게 되면 내가 최근에 읽은 한 시인의 산문은 그 자체가 참으로 멋진, 내게 꼭 맞춘 덕담이 된 셈이다.

얼마 전에 다시 본 한 편의 영화에서는 시한부 선고를 받아 암 투병을 하는 주인공이 적어놓은 버킷 리스트에 이런 항목이 있었다.

'눈물이 날 때까지 웃기.'

실컷 웃을 일이 있었으면 좋겠다는 희망이 담겨 있고, 또 웃을 때는 호탕하게 웃음의 끝까지 가보겠다는 의지가 담겨 있는 듯했다. 크게 공감을 해서 이 일도 올해 내가 한 번은 꼭 해보고 싶은 소망의 내용이 되어 덕담의 새로운 목록에 포함을 시킨 것이다. 영화 속 대사였던 "부디 삶의 기쁨을 찾아요"라는 말과 함께 말이다.

"눈으로 보고 있거나 귀로 듣고 있는 것을 객관적으로

말하는 훈련을 해보세요"라든가 "어둠에 대해서 불평을 하는 것보다는 촛불을 밝히는 것이 더 좋아요"와 같은 말도 독서를 통해 알게 된 덕담이었다. 앞의 권유에는 생활하면서 일어나는 상황에 대해 감정적으로 반응하는 것을 삼가면 스트레스도 그만큼 줄일 수 있다는 이유가 담겨 있다. 이 덕담은 요즘의 산길을 오를 때 "노란 복수초가 피어 있네"라고 중얼거리는 것처럼 표현할 것을 제안한다. 후자의 덕담은 부정적인 생각을 하는 것보다 긍정적인 마음을 갖는 것이 훨씬 이익이 된다는 것을 일러준다.

도움받기를 원한다면 우리는 곳곳에서, 또 모든 존재로부터 덕담을 들을 수 있다. 한 톨의 씨앗도 훌륭한 덕담의 제공자가 될 수 있다. 나 자신도 내게 덕담을 들려줄 수 있다. 우리가 진심으로 받아들일 준비만 되어 있다면, 그리고 그것을 버킷 리스트처럼 덕담의 목록으로 만들려고 한다면 말이다.

동쪽 언덕과 야인

겨울이 지나가고 있다. 겨울비가 내리거나 싸락눈이 치고 수시로 돌풍이 분다. 곧 눈보라도 맞게 될 것이다. 새파란 추위도 겪고 있다. '새파란'이라는 말을 쓰는 이유는 참으로 오랜만에 얼음처럼 깨끗한 한기를 코와 눈과 살갗으로 느끼고 있기 때문이다.

어릴 적에 살았던 경북 김천시 봉산면의 겨울날이 문득 생각났다. 그 시절 가운데서도 열두 살 무렵의 겨울날이 별안간 생각났다. 얼굴과 손등의 살갗이 트고 연신 흘러내리는 콧물을 훔치던 한 소년의 모습이 떠올라 나 스스로도 놀라지 않을 수 없었다. 어쨌든 그 소년의 때에 맛보았던 맑은 한파를 겪고 있다. 겨울의 공기가 폐부 깊숙이 들어오되 마치 무를 씹을 때처럼 시원하기만 해서 내 몸이 하나의 기다란 고드름 같기만 하다. 제주의 겨울이 혹독하기는 하나 풀빛이 영영 사라지는 것은 아니다. 텃밭이나 귤밭에는 푸른 풀이 남아 있다.

지난 계절, 내 집 근처에 사는 한 사람을 만났다. 그 사람은 하루에 한 시간씩 풀 뽑고, 돌 캐고, 채소를 키우고, 열매를 기르는 노동을 하고 있다고 들려주었다. 물론 생계를 위한 본업은 따로 있으나 매일매일 길지 않은 시간 동안 날마다 몸을 부려서 일을 한다고 했다.

그 얘기를 듣고 난 후에 나도 매일매일 몸을 움직여 흙과 나무를 가꾸는 일을 한다. 아직 풀이 남아 있으니 봄이 와서 풀의 기세가 거세지기 전에 미리 풀의 뿌리를 뽑기도 한다. 어느 날에는 풀을 뽑고 있으면 어느 틈에 벌써 날이 어둑어둑해지고 이내 눈앞이 캄캄해지는 것인데, 그처럼 빛이 쇠락하고 어둠이 밀려오는 것을 몸으로 아주 천천히 받아들이는 일 또한 오랜만에 해보는 것이어서 되려 신선한 감동이 있다.

요즘에는 구근을 구해서 심고 있다. 화초의 구근을 땅속에 묻으면서 꽃을 상상해보기도 한다. 피어난 꽃을 미리 상상해 그 빛깔과 외양이 지금 내가 구근을 심는 이 자리에 참으로 적절한지 따져보기도 한다. 구근을 심고 흙을 덮고 물을 주고 나면 어떤 선한 일을 한 것처럼 뿌듯한 마음이 일기도 한다.

겨를이 나는 대로 중국 북송의 시인 소동파의 시를 읽고 있다. 특히 최근 여러 날 동안에는 소동파가 호북성 황주로 유배되었을 때 지은 시詩와 사詞를 읽고 있다. 그 무렵의 시편들 가운데 내가 어제오늘 읽은 시는 〈동파東坡〉라는 제목의 시이다. 시를 옮겨보면 다음과 같다.

비에 씻긴 동쪽 언덕에 달빛 맑은 밤인데
성城 사람들 다 돌아가고 나 홀로 걷네
언덕길 울퉁불퉁하다 불평하지 마시게
탕탕 울리는 지팡이 끄는 소리 좋으니

'동파'는 동쪽에 있는 작은 언덕이라는 뜻으로, 소동파의 호 '동파'는 이를 따서 지었다. 소동파의 사를 살펴보니 이런 대목이 있다. 사는 중국 운문 형식의 하나로 악곡에 맞춘 노래의 가사 부분에 해당한다.

> 내가 동파 땅을 개간하고 그곳에 설당雪堂을 지었더니 사람들은 누추하다고 웃는데, 유독 파양鄱陽의 동의부董毅夫만은 둘러보고 좋아하여 이웃이 되려는 뜻이 있었다. (중략) 가동家僮으로 하여금 노래 부르게 하고는 때로 동파에서 서로 어울려 쟁기를 놓고 창화唱和하며 쇠뿔을 두드리어 박자를 맞추니 이 또한 즐거운 일이 아니랴!

소동파는 동쪽 언덕에 설당을 지었는데, 이 설당의 사방 벽에는 설경雪景을 그렸다고 알려져 있다. 어쨌든 소동파가 쓴 시에는 '야인野人'이라는 시어가 나오는데, 이는 자연과 더불어 사는 시골 사람이라는 뜻으로 자신을 일컫는다고 하겠다. 반면 저잣거리 사람들은 '시인市人'이라고 썼다. 〈동파〉는 돌이 많은, 버려둔 땅을 얻어 일구다 쓴 시로 전해진다. 유배를 와서 동쪽 언덕에 땅을 얻어 설당을 지으려고 개간을 하다 탄식하며 썼되, 자신을 위로하기 위한 시가 아닐까 짐작해본다.

소동파에겐 동쪽 언덕과 설당이 있었고, 아마도 그 공간에서 야인의 생활을 함으로써 유배의 외로움과 고됨을 견뎌냈을 것이다. 그 작품들을 읽으면서 나는 내게 동쪽 언덕은 어느 곳이며, 설당은 또 어떤 집인가를 생각해보았다. 야인은 속박되지 않은 사람일 것이고, 불만족과 불평과 원망을 이겨낸 사람일 것이고, 순리를 아는 사람일 것이니 그런 사람의 마음터가 곧 동쪽 언덕이요 설당이 아닐까 생각해보았다.

이 글을 쓰고 있는 새벽, 이곳에도 싸락눈이 친다. 소동파가 쓴 것처럼 기와에 튀는 구슬 같은 싸락눈이다. 동천에서 온, 굵은 소금 같은 싸락눈이다. 아직 푸른빛이 도는 풀잎 위에, 구근을 심어 덮은 흙 위에 내리는 싸락눈이다. 내 손바닥에도, 눈빛에도 떨어지는 싸락눈이다. 탕탕 울리며 끄는 지팡이 소리처럼 땅바닥에 탕탕, 가볍고 또랑또랑하게 떨어지는 싸락눈이다.

호젓한 시골길을 느릿느릿 걷다 보면 마치 약을 먹은 듯 아프고 슬픈 구석이 말끔하게 낫는 기분이 들 때가 있다. 이 길은 문명의 길이 아니라 자연의 길에 가깝다. 쾌속의 길이 아니라 완행의 길에 가깝다. 이런 길을 걷다 보면 자신을 가만히 돌아보게 되고 그리하여 근심이 조금은 사라지는 것을 느낄 수 있을 것이다. 그것이 자연이 인간에게 주는 치유의 힘일 것이다.

힘이 들 때에는 몸과 마음을 쉬게 해야 한다. 몸만 지치는 게 아니라 마음도 지치고 다치기 때문이다. 복잡한 마음을, 조급한 마음을 좀 쉬게도 해야 한다. 장작불을 보며 멍하게 있는 '불멍'과도 같이, 어떤 대상을 가만히 바라보는 일로도 우리는 우리의 몸과 마음을 잠시 쉬게 할 수 있다. 잠시 쉬다 보면 우리는 몸과 마음도 다시 신록처럼 푸릇푸릇해질 것이다.

참고 문헌

1) 권갑하, 《누이감자》, 수동예림, 2018.

2) 법정, 미출간 산문 〈어느 봄날〉 중 일부.

3) 조정권, 《고요로의 초대》, 민음사, 2011.

4) 법정, 《영혼의 모음》, 샘터사, 2002, 107쪽.

5) 김남조, 《사람아, 사람아》, 문학수첩, 2020.

6) 이은봉, 《걸어 다니는 별》, 천년의시작, 2021.

7) 같은 책.

8) 다니카와 슌타로, 요시카와 나기 역, 《사과에 대한 고집》, 비채, 2015.

9) 같은 책.

10) 이성복, 《오름 오르다》, 현대문학, 2004, 18쪽.

11) 한승원, 《산돌 키우기》, 문학동네, 2021, 492쪽.

12) 리베카 솔닛, 김현우 역, 《멀고도 가까운》, 반비, 2016, 13쪽.

13) 박두진, 《박두진 시선》, 지만지, 2013.

14) 조지훈, 《돌의 미학》, 나남출판, 2016.

15) 오규원, 《새와 나무와 새똥 그리고 돌멩이》, 문학과지성사, 2005.

16) 율라 비스, 김명남 역, 《면역에 관하여》, 열린책들, 2016, 249쪽.

17) 앞의 책.

18) 백무산, 《이렇게 한심한 시절의 아침에》, 〈과잉 풍경〉, 창비, 2020.

19) 김현승, 《김현승 시선》, 지만지, 2012.

20) 루이 아라공 외, 김남주 역, 《아침저녁으로 읽기 위하여》, 푸른숲, 2018.

21) 강요배, 《풍경의 깊이》, 돌베개, 2020, 7쪽.

22) 같은 책, 25쪽.

23) 최하림, 《최하림 시 전집》, 문학과지성사, 2010.

24) 같은 책.

25) 유치환, 《유치환 시선》, 지만지, 2012.

26) 앞의 책.

27) 같은 책.

28) 법정, 《낡은 옷을 벗어라》, 불교신문사, 2019.

29) 같은 책, 80~81쪽.

30) 이영광, 《끝없는 사람》, 문학과지성사, 2018.

31) 실비아 플라스, 박주영 역, 《실비아 플라스 시 전집》, 마음산책, 2018.

32) 안안심 외, 《우리가 글을 몰랐지 인생을 몰랐나》, 남해의봄날, 2019, 12쪽.

33) 윤금순 외, 《시집살이 詩집살이》, 북극곰, 2016.

34) 이성복, 《그 여름의 끝》, 문학과지성사, 1990.

나는 첫 문장을 기다렸다

1판 1쇄 발행 2022년 2월 15일
1판 2쇄 발행 2022년 12월 5일

지 은 이 문태준
펴 낸 이 신혜경
펴 낸 곳 마음의숲

대 표 권대웅
편 집 김도경 최현지
디 자 인 유미소
마 케 팅 노근수

출판등록 2006년 8월 1일(제2006-000159호)
주 소 서울시 마포구 와우산로30길 36 마음의숲빌딩(창전동 6-32)
전 화 (02) 322-3164~5 팩스 (02) 322-3166
이 메 일 maumsup@naver.com
인스타그램 @maumsup
용지 (주)타라유통 인쇄·제본 (주)에이치이피

ISBN 979-11-6285-105-0 (03810)

*값은 뒤표지에 있습니다.